TAKE
SHOBO

# 国王陛下の溺愛王妃

麻生ミカリ

*Illustration*
DUO BRAND.



蜜猫
MitsuNeko

# 国王陛下の溺愛王妃

contents

イラスト／DUO　BRAND.

# 国王陛下の溺愛王妃

# 第一章　顔も知らない旦那さま

春色の花が咲き乱れる草原を、十数台の馬車が縦列になって進んでいく。あたりを囲むのは、ティレディア大陸一の大国であるエランゼの紋章をつけた騎士団だ。通称、白の騎士団。その名のとおり、彼らが騎乗する馬はすべて白馬である。

一団は、隣国ジョゼモルンを抜け、エランゼ王国を目指している。戦場を駆け巡るときとは違い、騎士たちはくつろいだ様子で時折笑い話をしては、ほがらかな春の陽射《ひざ》しを浴びていた。

長く伸びた馬車の列の中心に、ひときわ豪奢《ごうしゃ》な細工を施した一台がある。それこそが、小国ステーリアの末王女、コーデリアが乗る馬車だ。

いささか少女趣味が過ぎる、純白のレースとフリルをふんだんに使用したカーテンに、同じデザインのひざ掛け、クッション。それらになかば埋もれるようにして、小柄なコーデリアはため息をつく。

「ハンナ、いつまで泣いているのです？　わたしは、何も人質にとられるわけではないのですよ。それどころか、正式にエランゼ王の后《きさき》に迎えられているのですから、あなたが泣く必要などどこにもないでしょう？」

十七歳のコーデリアは、同乗している侍女のハンナに話しかけた。

使用人相手であっても丁重な彼女の言葉は、だからこそ高貴な身の上であることが伝わってくる。可憐《かれん》な声音でありながら、凛《りん》とした強さを感じさせるまっすぐな話し方。

金色《きんいろ》のやわらかな髪は、耳の上で編み込んでリボンで結んである。旅の道中であっても、王女たるもの服装や髪型に乱れひとつ見せるべきではない。これは、母であるステーリア王妃の教えだ。

剥《む》きたてのゆでたまごのように白い頬と、子猫を思わせる好奇心に満ちたすみれ色の瞳、びっしりと生えそろった長い睫毛《まつげ》が、コーデリアの愛らしい容貌を際立たせている。ひと刷毛《はけ》の紅をあしらったかのような薔薇色《ばらいろ》の頬は、人形のごとき美貌を生身の人間たらしめる生命力を感じさせた。

ステーリア王家の誰からも愛され、かわいがられた末王女は、すすり泣く侍女の肩にぽんと手を置く。

「で、ですがコーデリアさま、お相手は十九歳もお年が離れていらっしゃるのですよ。歴戦の騎士王と呼ばれるからには、きっと泣かせた女も数知れずです。かような方に十七歳のコーデリアさまを嫁がせるだなんて、あんまりではありませんか……！」

自身で刺繍《ししゅう》を施したレースのハンカチをぐしょぐしょに濡らし、ハンナはまだなお泣いている。生真面目で仕事熱心な侍女だが、いささか思いつめやすい性格なのは否めない。

「まあ、ハンナ。なんてことを言うのです。十九歳の差なんて、それほど珍しいことでもありませんん。あなたもご存じでしょう？　先のシャンゼル女王は、十歳のときに三十五歳の王配を迎えていらっしゃいました。ガーシュ公爵は四十歳を過ぎてから二十歳の奥方を娶《めと》られましたし、モルガー卿はまだ十五歳のご令嬢を――」

「いいえ、いいえ！　そのどなたとも、コーデリアさまは違っていらっしゃいます。だって、コーデリアさまはこんなに愛らしく、可憐でいらっしゃるんです‼」

すでに、理屈は通じない状態である。コーデリアは困り顔で肩をすくめた。

ハンナの言うとおり、コーデリア・リナリー・ステーリアは、ひと目見たら忘れられないほどの容姿をしている。それも、鮮烈な美というよりは、誰もが守ってあげたくなる聖なる乙女の愛くるしさだ。城の者たちは、王族、貴族、使用人にいたるまで、誰もがコーデリアの一挙手一投足に注目し、彼女が微笑《ほほえ》むとそれだけで周囲が明るくなると言われたほどだった。

――でも、それに驕《おご》ってはいけないとお母さまは仰《おっしゃ》ったわ。

大切に育てられたコーデリアだが、我儘《わがまま》放題に暮らしてきたわけではない。分別のない王女など、王国にとっては畑の肥やしにもならない不要物だと、母から言われてきた。

ステーリアは小国だからこそ、王族の娘たちは他国との姻戚関係を結び、生まれ故郷の未来を守るべきである。そのためには、見た目が美しいだけではいけない。かといって頭でっかちな知識の虫になってもいけない。

　自身も他国から嫁いできた身ながら、ステーリア王国史上、比類なき賢后と呼ばれる母は、三人の王女にしっかりとそう教え込んだ。

　無論、王妃は暇ではない。王妃としての公務がある。少ない時間を活用し、娘の教育に尽力したことも母が賢后と呼ばれる所以《ゆえん》であろう。

「――ハンナ、よく聞いてちょうだい」

　夢見がちな侍女の手をとり、優しく握りしめると、コーデリアは真剣な瞳で語りかけた。

「わたしの外見がどうであろうと、この体にはステーリア王家の血が流れています。そして、それこそがわたしという人間の価値なのです。エランゼの国王が十九歳年上だからなんだというのでしょう。たとえ相手が三十歳離れていても、四十歳離れていても、国と国が決めた婚儀を潤滑に進めることがわたしの――ステーリアの王女の仕事なのです」

　十七歳にして、コーデリアは自分に自由恋愛の権利がないことをよく理解している。だからといって、彼女は己の人生を諦めているわけではない。

　母は言っていた。

『情熱的な恋だけが真実の恋だと勘違いしてはいけません。愛情は育《はぐく》むものなのです。コーデリア、あなたは愛されることに慣れているけれど、夫となる方と見《まみ》えた暁《あかつき》には自分から愛情を捧《ささ》げなさい。たとえ、それが国と国の決めた結婚であっても、幸せになれない道理などありはしないのですからね』

——そう、どんな出会いだろうと、縁あって夫婦になるのだから、わたしはヒューバート陛下にこの心を捧げる。

儚《はかな》げな容貌とは裏腹に、コーデリアは芯の強い女性だ。母に似たのか、それともふたりの姉に似たのか。どちらにせよ、ステーリア王家の女たちは皆、現実的でしなやかなのである。

「ですが、コーデリアさま」

まだ不安げなハンナに、コーデリアは冗談めかして片目を閉じて見せた。本来ならば、王女らしからぬ仕草と知っているけれど、これ以上ハンナが泣く姿は見たくなかった。

「それにね、エランゼの国王はとても魅力的な男性と聞いています。背は高く、顔立ちは彫刻のようで、威厳ある立ち居振る舞いの騎士王の后になれるのですから、わたしは幸せな王女でしょう?」

「まあ！　そのようなことを仰って……。コーデリアさま、姫君がそのようなうわさ話を鵜呑《うの》みにしてはいけませんよ。人間の価値とは、外見に比例するものではないのです。神は言っています。地上で愛と呼ばれるものは、すべて見返りのないもので——」

コーデリアより四歳年上の侍女は、もともと修道院の育ちで幼いころに洗礼を受けている。そのため信心深く、女性の品格について厳しい考えの持ち主だ。

「あら、先ほどあなたもわたしの外見を褒めてくれたと思っていたけれど、勘違いでしたか？」

図星を指したつもりだったのだが、ハンナは必死に首を横に振る。

「わたしが申しあげたのは、コーデリアさまのお心のことです。無論、お顔もお美しゅうございます！　ですが、コーデリアさまは外見の美醜だけではなく、誰よりお心の清い王女です。それなのに――……」

――良かった。ハンナも少し元気になったみたいね。

感情的なところはあるものの、いつもひとのために尽くす心の持ち主である侍女を、コーデリアはとても大切に思っていた。ハンナだけではない。ステーリアの中央宮殿で働くすべての者たちを、家族同様に慈しんできた。

――これからは、エランゼの王国民がわたしの家族になる。そして、ヒューバート陛下が、誰よりも大切なひとになる。

実際のところ、十七歳のコーデリアに結婚の実感などありはしない。宮殿の奥深くで、多くの侍女と家庭教師に囲まれて育ったため、王族以外の男性と親しく接したこともなかった。父王と、王太子である兄、ふたりの叔父と、従兄弟《いとこ》たち。それが、コーデリアが日常的に接する男性のすべてである。

無論、宮殿内で働く者や、枢密院の貴族たち、王族の警護に就く騎士団員とも挨拶はする。ときに、会話をすることもあった。だが、母の教えに従い、王女らしく振る舞うことを自らに課していたコーデリアは、異性と個人的に親しくなるようなことはしなかった。

ステーリアの王女としてしかるべき相手に嫁ぐことは、物心ついたときから決まっていたこと。それを悲観したことはない。コーデリアの母も、ふたりの姉も、国同士の定めた婚姻により幸せに暮らしているのだから。

――そう、だからわたしは何も恐れたりはしないわ。願わくば、ヒューバート陛下が同じように幸せになろうと思ってくださる方だといいのだけれど……

大陸の内陸部にある小国ステーリアと違い、ヒューバートの暮らすエランゼ王国は、南西の海沿いにある。海辺の民は明るい気質の者が多いと聞くが、ヒューバートはどうだろうか。ステーリアのような小さな国から后を娶ることを、王自身は納得しているのだろうか。三十六歳まで結婚しなかったのは、何か思うところあってのことなのだろうか。

考えても詮無いことだ。

コーデリアは軽く首を横に振って、肩にかかる艶《つや》やかな金の髪を払った。

――だいじょうぶ。ひととひとが、心を傾けあってわかりあえないことなんてないはずだわ。歴戦の騎士王と呼ばれる方なのですもの。きっと、騎士たちから慕われるすばらしい王に違いない。

かすかに膨らみかけた不安を、心のうちできゅっと押し込めて、コーデリアは背筋を伸ばす。

窓の外、遠い山の合間にきらりと青く光る水平線が見えた。エランゼ王国との国境は近い。

「――……ですので、コーデリアさまはご自身の矜持《きょうじ》をしっかり持ち、女性として誇り高く生きていかねばなりません。ステーリアの神のもとにお生まれになったからには、皆そうして――」

真面目な侍女は、まだ神の教えを説いている。ハンナの話が、エランゼの宮殿に到着する前に終わればいいのだが、いかがなものだろう。

コーデリアはつとめて神妙な表情で、侍女の話に耳を傾けた。

§　§　§

湖の中央に建てられた宮殿を初めて見たとき、コーデリアは思わず目を瞠《みは》った。もし、馬車の周囲にエランゼの騎士団員が配置されていなければ、王女らしさも忘れて歓声をあげていたかもしれない。

「なんて美しいのでしょう……！」

アーチ型の小窓に思わず顔を寄せ、目を輝かせて全貌を見ようとする。

湖畔には深緑の常緑樹が茂り、湖面は空の青と葉の緑で神秘的な色に染まっていた。陽光を受けて輝く様は、宝石のよう。

その中央に建つ宮殿は、乳白色の尖塔《せんとう》が左右に高くそびえている。さすがは大国エランゼの宮殿、コーデリアが今まで見たどの国の宮殿と比べても類を見ない、堂々たる佇《たたず》まいだ。

湖の手前で一度停車した馬車は、跳ね橋を渡って宮殿へ向かう。エランゼ王国が誇る不敗の象徴、アエリア宮殿は女神アエリアの名を冠している。

女神の名に相応しく、荘厳でいて繊細な造りの建物に、コーデリアはひと目で心を奪われた。

——これからは、この宮殿がわたしの世界。窓からはきっと、季節の美しい自然と湖を眺めることができるのだわ。

比類なき美しさは、同時に少しの閉塞感を伴う。跳ね橋をいくつも経由しなければ宮殿まで辿《たど》りつけない構造は、攻め入る敵軍を寄せ付けないようになっている。ということは、宮殿に暮らす者は皆、外界から隔離されている状況だ。

——どちらにせよ、わたしには勝手に宮殿から出て行く権利などない。それは、ステーリアにいても同じこと。

美しいドレスを身にまとい、町民が一生かかっても手に入れられない装飾品をいくつも飾ったところで、王女に自由はなかった。それを不満に思っているわけではないけれど、十七歳の少女の翼は自由に空を飛ぶことを夢見てしまう。

そして、跳ね橋を渡った馬車はアエリア宮殿の広い前庭を抜け、きらきらと水飛沫《みずしぶき》の輝く噴水前に停《と》まった。

エランゼ王国の大臣たちが出迎えるなか、薄く笑みを浮かべて会釈するコーデリアの目は、夫となるヒューバートを探していた。だが、騎士王らしき男性は見当たらない。出迎えの者たちは皆、五十を過ぎたと思われる壮年男性ばかりだった。

――いくらなんでも、ヒューバート陛下がこのなかにいらっしゃるとは考えにくい。歴戦の猛者で、実年齢よりも大人びていたとしても、三十六歳なのだから……。

十九歳の年の差から考えると、コーデリアにとってヒューバートはずいぶんと大人の男性にあたる。けれど、壮年男性の群れを前にすると、彼らと比べて三十六歳の夫となる男性は、かなり若く思えてくる。

――やはり、ヒューバート陛下はいらっしゃらない。考えてみたら当たり前のことだ。これだけの大国の王が、そうそう簡単に姿を現したりはされないでしょうね。

石畳に敷かれた天鵝絨《ベルベット》の絨毯《じゅうたん》を進んでいくと、足首まである神職衣を着た白髪の男性が厳しい表情でコーデリアを見つめてくる。

「コーデリア姫、こちらが大司祭のローレンスです。今後、儀式のたびに大司祭とは顔を合わせることになりましょう。まずは結婚式ですな」

コーデリアを案内していた大臣の紹介にあずかって、大司祭は軽く顎を引いた。厳粛なまなざしと、神に仕える者のみがまとう静謐《せいひつ》な空気に、コーデリアは敬意を払って会釈する。

「お初にお目にかかります、大司祭さま。コーデリア・リナリー・ステーリアと申します。以後、どうぞよろしくお願いいたしますね」

「僭越《せんえつ》ながら教会をあずかっております。ローレンス・ムジカにございます。若き王妃に神の祝福のあらんことを」

右腕を胸に当て、大司祭が一礼する。これが、この国における正式な男性の挨拶の仕方であることは、すでに学んで知っていた。

――この国のひとびとは、ずいぶんと背が高い。ステーリアにも屈強な男性はいたけれど、全体的に体つきがひと回りも大きく見える。

コーデリアの兄も、すらりとした長身の男性だが、エランゼの重臣たちはその兄と並んでも変わらぬほどの上背がある。それどころか、胸板は倍ほども厚い。神職にある大司祭でさえ、ステーリアの騎士と遜色ない体格の持ち主だ。

同じ大陸に生まれ育ったにもかかわらず、見た目だけでこれほどの差があるからには、ここから先、文化や考え方、日常の礼儀や常識においても様々な相違があるかもしれない。コーデリアは気を引き締めると同時に、新しい世界を知る喜びを感じていた。

「――……まあ、まあまあまあ！　なんて繊細なレースでしょう。これほどの品は、ステーリアでも見たことがございませんね、コーデリアさま！」

南向きの居室へ案内され、侍女のハンナとふたりきりになった途端、少しだけ寂しさがこみ上げてくる。しかし、そんなコーデリアの気持ちには気づかないのか、ハンナは居室と寝室を確認して目を輝かせていた。

侍女の言うとおり、天蓋から垂らした純白のレースは美しい。エランゼまで乗ってきた馬車のなかの装飾と、同じ職人によるものかもしれない。居室の調度品も繊細な細工を施したものばかりで、コーデリアの嫁入りを歓迎してくれているのは伝わってくる。

――出迎えてくれた大臣たちも、大司祭も、それに侍女たちや騎士たちだって、皆とてもよくしてくれている。だけど……。

「コーデリアさまのために、こんなに美しいお部屋を準備してくださるのですから、エランゼ国王はきっとすばらしい男性に違いありません。ああ、結婚式までお会いできないだなんて、残念でたまらないです！」

「……ハンナったら」

道中、あれほど涙を流して夫となるヒューバートを悪く言っていたはずが、まだ当人を見てもいないというのに、ハンナはすっかり考えを変えてしまったようだ。

侍女のそういうところは、嫌いではない。コーデリアからすると、ハンナは己の心にとても素直なだけだと感じる。

問題は、与えられた居室があまりにもコーデリアのためだけの空間だったことだ。

たしかに、今はまだコーデリアはヒューバートの婚約者でしかないけれど、二日後には結婚式を挙げる。その後も、互いの居室が別となるのは珍しいことではない。コーデリアの両親も、宮殿には国王と王妃のための寝室のほかに、父母それぞれの居室と寝室があった。

そう、これは当たり前のことでしかない。けれど、夫の姿も見ぬままに過ごす日々を想像すると、言い知れない孤独が胸を締めつける。

気持ちを変えようとコーデリアは、運び込まれた荷物のなかから、蓋付きのレターボックスを出してくれるようハンナに頼んだ。

「ありがとう、ハンナ。あなたも長旅で疲れたでしょう？　夕方まで、わたしも休ませていただきます。下がってだいじょうぶですよ」

侍女が部屋を辞したのち、コーデリアは長椅子に腰を下ろし、レターボックスの蓋をそっと撫《な》でる。

東洋細工の職人が作ったレターボックスは、この大陸では珍しい造りになっている。手紙を差すのではなく箱のなかに置くデザインで、もとは文箱《ふばこ》と呼ばれるそうだ。

エキゾチックな文様の刻まれた木の蓋を開けると、嫁入りに当たって母から贈られた一冊の本が目に入る。

本といっても、それにはタイトルもなければ作者の名もない。母がステーリア王国へ嫁いでくる際、コーデリアの祖母――母の母が準備した本を模したものだ。

これを手にするとき、コーデリアはかすかな背徳感と高揚感を覚える。紫色の表紙に、金色の縁取り。ステーリアの王立図書館でも決して手に入らない、秘密の指南書だ。

『コーデリア、あなたは今までステーリア王室のすばらしい王女でした。しかし、王女とは娘であることを意味します。エランゼ王に嫁いだのち、あなたは娘ではなく妻となり母とならなければいけません』

正式に縁談がまとまった日の午後、母はコーデリアを自室に招いてそう言った。

『はい、お母さま。わたしはエランゼ王国の王妃となり、陛下の妻となり、国民の母となれるよう尽力いたします』

真剣なまなざしで答えた娘を見て、母は頬を緩める。そして、差し出してきたのがこの指南書である。

『十七歳の娘は知らずとも良いことですが、年齢にかかわらず妻となれば夜の作法も知っておく必要があります。これからは、この指南書を読んで勉強をなさい。夜の作法については、夫となるひと以外と学んではいけないものです。けれど、最低限の予習をしておくことも淑女のたしなみ。エランゼ王から愛される后となり、幸せな日々を送ることを祈っていますよ』

指南書は、原則としてひとりで読むこと。また、見せる相手は夫に限ること。いつか、コーデリアの娘が嫁ぐときには、職人を雇って同じ内容の本を作らせること。

その三点を命じて、母はコーデリアの手を握った。

今も、指南書を手にすると母のぬくもりを思い出す。同時に、秘められてきた寝室での夫婦の営みを知る日が近いことを感じて、コーデリアの心臓が小さく跳ねた。

――このなかには、夫婦のするべきことが書かれているのね……

淑女たれ、王女に相応しくあれ、と育てられたコーデリアは、挨拶以外のキスすらしたことがない。三姉妹の末妹で、特に姉ふたりとは歳が離れていたこともあり、周囲に同年代の友人もなく暮らしてきた。侍女たちは、時に恋愛にまつわる話をしていることもあったけれど、娘に余計な性知識が入ることを嫌った王妃が、側仕えには修道院から来た侍女だけをつけさせていた。

結果、王女としては有能だが、女性として恋愛やそれにまつわる知識をまったく持ち合わせぬまま、コーデリアは結婚することになったのである。

それどころか、指南書を読むことさえ背徳的に感じるほど、コーデリアは潔癖な娘だった。そして、同時に強い罪悪感も覚える。

性にまつわることを背徳的と思うのに、好奇心を抑えることができないのだ。

愛するとは、愛されるとは、いったいどんな行為につながるのだろう。考えると、心臓がどくんどくんと大きな音を立てる。淑女たるもの、閨事に関心を持つべきではないとわかっていても、心が逸《はや》る。

十七歳の少女が、性に敏感になるのはごく自然なことなのだが、それが当たり前だということさえ、コーデリアは知らなかった。だからこそ、手にした指南書のページをめくろうとするだけで、自分がいけないことをしている気持ちになってしまう。

――いいえ、これはいけないことではないはずだわ。だって、わたしは結婚するのだもの。結婚前の娘が、親に隠れて悪いことをするのとは意味が違う。

厚紙の表紙に指先を這《は》わせ、自分に言い聞かせる。

意を決して開いた本の一ページ目には、細いペン先でつづられた文字が並んでいた。

――我が最愛の娘、コーデリアが幸せな結婚生活を送ることを祈って――

おもむろにページをめくれば、裸体の男女が並んで立つ絵が描かれている。丸みを帯びた女性の裸身はまだしも、がっしりとした筋肉質の男性の姿に、考えるより早く、両手が指南書を閉じた。

「っっ……！　こ、このくらい、結婚するのだから当たり前のこと……！」

そうは言っても、コーデリアの頬は熟したイチゴのように真っ赤になっている。それもそのはず、大人の男性の裸身など、一度たりとて見たことがない。騎士たちが訓練中に上半身をはだけているのはまだしも、下半身がどうなっているのか、考えるだけで罪深いことだと思って生きてきた。

――男女の体は造りが違うというのは知っていたけれど、まさかあれほどだとは……。

一瞬だけ見てしまった裸身絵が、脳裏にしっかり刻み込まれている。乳房がないだけではなく、女性にはない器官が股間から生えていた。

――あれを、どうするというの？

はしたないと思いつつも、少女の好奇心は再度ページをめくるのをとめられない。高潔な王女として育ったコーデリアも、ひとりの女性として肉体は成熟してきている。かすかに下腹部が熱くなったような気がしたが、それがなんの反応を示すかを知らぬまま、指先が未知の世界へとページを急《せ》かした。

描かれていたのは白い花。見覚えがある。これは——

「……そう、そういうことなのね」

羽のある虫は、花蜜を求める。蜜を得ようとすれば、虫の体には花粉がつく。そして、さらなる蜜を求めて花から花へ移動を繰り返すうちに、虫は虫媒花の受粉を行うこととなる。

ステーリアは、果物の栽培が盛んな温暖な気候の土地が多い。王女といえど、コーデリアは果実の育て方も学んできた。果実とは、たいていの場合が種を残すための媒体である。その果実がなるためには、雄しべから雌しべへの受粉が必要だというのはステーリアの地では子どもたちも知っていることだ。

——つまり、人間の夫婦は雄しべと雌しべだということ。先ほど見た不思議な器官が、雄しべだとしたら……

そこで、コーデリアはハッと息を呑んだ。

あの奇妙な器官が雄しべならば、受粉を促す虫の役割はいったい誰が担うのだろうか。そして、体の造りから考えて自分の雌しべに当たる器官は——

耳が熱くなる。心臓が大きく鼓動を打つ。

性に関して無知ではあったけれど、コーデリアは応用力を身に着けている。つまり、今まで学んできた様々な事象から、自分の体のどこに雌しべに該当する器官があるかは判明していた。ただし、理解することと実践することには大きな隔たりがある。

「……あ、あんなところで受粉をするというの……⁉」

だが、そう考えると納得がいく。男性の体の珍妙な部位は、雄しべと雌しべを直接交合させるようなものかもしれない。

――……つまり、あれをわたしの……あのあたりに……

目線が、知らず知らずのうちに足の付け根へと向いていた。無論、コーデリアはドレスを纏《まと》っているのだから、自分の体が見えるわけではない。

「ああ、神さま……、それが夫婦の営みだと仰るのですか……？」

敬虔《けいけん》なコーデリアは、指南書を閉じて床に膝をつく。目を閉じて、両手を組み合わせ、一途《いちず》に祈りの言葉を口にした。いつもならば、これで自分の感情を制御することができるのだが、今日はどれほど祈っても心のざわつきは消えなかった。

湖に浮かぶアエリア宮殿が、夜の帳《とばり》に包まれる。湖畔に茂る木々の枝にとまった夜の鳥たちが、どこか物悲しい鳴き声を響かせた。

初めて、だ。

コーデリアは、まだ見慣れぬ天蓋布を見上げて、長い睫毛を瞬《しばた》かせる。

――ステーリアを出て他国に滞在したことはあるけれど、こんなにひとりぼっちだと思うのは、きっと生まれて初めてのことだわ。

寝室には、壁に備え付けの燭台《しょくだい》がある。橙色《だいだいいろ》の灯《あか》りが、やわらかく揺れていた。純白の天蓋布をほのかに染める炎の揺らぎに、コーデリアは、ほう、と息を吐く。

生まれ育った国を出るときは、感傷的になったりしなかった。誰もが、大国の王との結婚を祝福してくれる。そのなかで、寂しさを感じる間すらなく、コーデリアはエランゼへやってきた。

半年の準備を経て、訪れたエランゼ王国は、聞きしに勝る大国だ。同じ大陸にあっても、ステーリアとは別世界のように思えてくる。

――ヒューバートさまは、ほんとうにわたしが結婚相手でいいのかしら。

歴戦の騎士王と呼ばれるほどの王ならば、望めば大陸内のどの国のどの王女とでも結婚できるに違いない。

ここへ至るまで、何度も考えた。なぜ自分なのだろうか、と。ステーリア国内では、コーデリアは評判の良い王女だったかもしれないが、大陸内で比較した場合、もっとエランゼ王妃に相応しい王族の女性はいただろう。彼と釣り合う年齢の、もっと力のある国の王女ではなく、コーデリアが選ばれたのは両国の意向によるものか。あるいは、エランゼ王国が強大過ぎる力を持たぬよう、あえて国家間のバランスを保つためにステーリアのような小国から王妃を迎えたということも考えられる。

なんにせよ、それは夫となる相手の意思ではない。わかりきっていることなのに、今夜はそれが少しだけ寂しく感じる。

眠れない寝台のうえ、コーデリアは遠く聞こえてくる鳥の声に耳を澄ました。

目を閉じていると、夜の静寂《しじま》に響く鳥の声は、次第に遠近感を失っていく。自分がどこにいるのかも忘れてしまいそうな、深い夜の底。不意に、動物の鳴き声とは違った音階が聞こえてくる。

「——……あら？」

気のせいだろうか。コーデリアは大きな目を瞠った。

しかし、間違いなく聞こえる。それは、楽器に違いない。なぜか懐かしい気持ちになる、優しい笛の音だ。

——夜遅くに、笛の練習をする者がいるの？

ささやかな好奇心が、なかなか寝付けないコーデリアを駆り立てる。その笛は、懐かしさを喚起すると共に、今までに聞いたどの笛とも違うやわらかな音色をしていた。

そろりと寝台から抜け出して、室内履きにつま先を入れる。椅子にかけてあったガウンを羽織ると、コーデリアは笛の音に導かれるように寝室を出た。誘《いざな》いは甘く優しく、どこかで手招きをしている。錯覚だと思うのに、その笛の演奏を間近で聞いてみたい気持ちをとめられない。

──少しだけ、ほんの少しだけ……

居室の扉にほど近い燭台から、手燭《てしょく》に灯りをともす。あたたかみのある火の色に、背中を押された気がした。

王女たるもの、夜更けに宮殿内を徘徊《はいかい》するなどもってのほかだ。わかっていたが、コーデリアは廊下へ踏み出した。不思議なことに、寝室よりも笛の音がはっきり聞こえてくる。夜の外気を伝わって聞こえてくるものと思っていたが──

「吹き抜けの、下のほうから聞こえてくる……?」

最初はおそるおそる、しかし歩を進めるにつれて足取りも軽やかに、コーデリアは優しい旋律を追いかけていく。

広い宮殿には、中央階段と東西の螺旋《らせん》階段、そのほかにもいくつか使用人のための階段があるらしい。なかでも中央階段は、高い天井の吹き抜けになっていた。

中央階段のほうへ向かったコーデリアだったが、近づくほどに音は遠ざかる。よく考えてみれば、こんな夜更けに宮殿の中心ともいえる場所で笛の練習をする者もいないだろう。

では、笛の演奏家はどこに?

はたと思い出したのは、ひときわ目を引く尖塔の西に、中庭があること。その上の階にはワルツも踊れそうな広いバルコニーがあった。

——そうだわ。建物に囲まれた場所で演奏をしたら、音が響くもの。

ぱたぱたと、室内履きのやわらかな靴底が磨かれた床を駆ける。早く、早く。早くしなければ、演奏が終わってしまうかもしれない。何かに急き立《せ》《た》てられるように、コーデリアは速度を上げた。

まるで、子どものころ、兄に遊んでもらったときのように。

あるいは、初めて宮殿を出て、ステーリア国内でいちばん大きな市場を見たときのように。

心が逸《はや》り、真面目さは鳴りを潜める。いかに王女然として生きてきたコーデリアとて、年齢相応の好奇心も持ち合わせている。いや、実際には同い年の少女が興味を持つ恋や愛を知らないせいか、もっと幼い子どものような好奇心だ。

かすかに息を切らし、バルコニーのある階へ到着すると、アーチ型の背の高い窓の向こうに目を凝らす。笛の音は、もうすぐそこまで近づいていた。

——……いた。あそこだわ。

月に照らされたバルコニーに、背の高い人影がある。口元に、横笛を構えた男性だ。さやかな月明かりの下、まるで風や草のように自然な旋律を奏でている。

もう少し、あと少しだけ。コーデリアは、足音を忍ばせて彼に近づいていく。本来ならば、夜着にガウンを羽織っただけの格好で人前に出るなど、王女でなくとも年頃の娘には考えられない行動である。それを知っていても、コーデリアは自分を律することができなかった。それほどまでに、笛の音は彼女を魅了していた。

あるいは――

いつものコーデリアなら、おとなしく寝台で目を閉じていられたのかもしれない。けれど見知らぬ国、見知らぬ宮殿、見知らぬ寝室。覚悟を決めて嫁いできたつもりだったけれど、やはり平常心ではいられない。エランゼへ来てからも、いまだ結婚相手とは顔も合わせておらず、不安は静かに心に積もっていた。

そんな常ならざる状況だったからこそ、コーデリアらしからぬ行動に出たのかもしれない。

バルコニーへ通じる扉に手をかけると、そっとノブをひねって押し開ける。夜風が頬をかすめた。

――なんて美しい笛の音かしら。こんな音は聞いたことがない。優しいのに、どこか物悲しくて、それでいて懐かしい。ただただ、遠い日を慈しむような音色……

追い求めたその音を間近にとらえ、コーデリアはまばたきも忘れて立ち尽くしていた。相手がどこの誰かなど、考える余地もない。求めたのは、演奏している人間ではなく、純粋に美しい音楽だった。

「――誰だ」

旋律が途切れたと思うより早く、低い声が鼓膜を震わせる。

バルコニーの手すりに片手をかけ、黒髪の男性がこちらを振り向いていた。月光に緑色の瞳がきらめく。目尻の上がった、彫刻のような彫りの深い美丈夫を前に、コーデリアは唇が乾くのを感じていた。

屈強な体躯《たいく》に、精悍《せいかん》な輪郭。力強さを感じさせる短い黒髪と、無骨な手に握られたほっそりと美しい横笛――

「無礼をお詫《わ》びいたします。美しい笛の音に惹《ひ》かれて参りました。わたしはコーデリア。ステーリア王国から昨日到着したばかりです」

夜着姿なことも忘れて、コーデリアは公務のときのような挨拶をする。眼前の男性は、きっと名のある騎士に違いあるまい。鋭い眼光と、ひと目でわかる鍛え抜かれた肉体が、彼の威厳を表している。

「コーデリア？　あなたがコーデリア王女か……？」

敵襲に備えていたとも思える彼の厳しい表情が、急に和らいだ。毒気を抜かれたとでも言いたげに、男性はふっと息を吐いて手すりに背をもたせる。

「はい、コーデリア・リナリー・ステーリアと申します。失礼ですが、その笛はエランゼ王国のものなのでしょうか？　楽隊にも、そういった笛の音は聞いたことがありません。珍しい音色ですね」

相手が名乗らなかったことは、別段気にならない。名前と出身国を聞いただけで、コーデリアを王女と見抜いたからには、彼は予想どおりの騎士、あるいは王族かもしれない。ならば、こちらから名を問うのはそれこそ無礼というもの。

「そうか。ステーリアのコーデリア王女は、聡明《そうめい》でおとなしい女性だと聞いていたが、じつはずいぶんなおてんばらしい」

会釈したコーデリアに向かって、男性は小さく笑った。言葉だけをとってみれば嫌みにも聞こえるけれど、声音や表情から察するに悪意はなさそうである。

いや。

悪意があってほしくない、とコーデリアが思ったのだ。

そのとき、コーデリア・リナリー・ステーリアは、生まれて初めて異性に対してときめきを覚えていた。

喉がきゅっと狭まったように息が苦しい。それなのに胸は高鳴り、頬が紅潮する。いけない、自分は明後日にはこの国の王に嫁ぐ身だというのに、何を浮ついているのだろう。

しかし、跳ねる心臓は意思の力で留めることができない。ただ、何も言えずにコーデリアはぽっと染まった頬を指先で押さえた。

「――気分を害したか。私はどうも、女性と接するのに慣れていないものでな」

黙り込んだコーデリアに、笛吹きの男性は戸惑った様子で声をかけてくる。緑色の瞳は、かすかに困惑していた。

「い、いいえ。気分を害したわけではありません。ですが――」

ガウンの裾をきゅっと握り、コーデリアは顔を上げる。相手はずいぶんと上背がある。この国の男性は、皆体格がいい。

「どうした？」

言いかけて言葉の先を見失ったコーデリアに、彼は小さく頷《うなず》いてみせる。まるで、気にせず続きを言ってごらん、と促すように。

「あの、どうしてわたしがおてんばだと思われたのでしょうか？　たしかに、それほどおとなしい娘ではありません。人並みに好奇心もあるほうだと思います。とはいえ、初対面の方にそれを見抜かれることも珍しいもので……」

真剣に尋ねたはずが、相手は質問に目を丸くする。一瞬の沈黙ののち、彼は肩を震わせて笑いだした。

「ははは、ははっ、これはどうしたものか。まったく、きみは生真面目な顔をして、なかなか冗談がうまい」

「わたし、冗談なんて申しておりません！」

笑われる理由もわからずに、コーデリアはムキになる。いつもなら、こんなふうに他者から笑われることもなければ、冗談がうまいと言われることもない。

「いや、すまない。どうにも笑い上戸でいかんな。許してくれ。――それにしても、女性とはこれほどかわいらしいのか。それとも、あなたが特別可憐なのか、コーデリア王女？」

小柄なコーデリアと対照的に、背の高い彼が相好を崩して尋ねてくる。年の頃は、三十路《みそじ》を過ぎたくらいか。厚い胸板にかかるマントを軽く払って、彼が呼吸を整える。それにしても、とても楽師には見えない男だ。こんな時間に宮殿内で楽器を演奏するなど、許されるものだろうか。

――王族のどなたかならば、陛下から許可を得ていることもあるかもしれないけれど、普通は夜中に笛を吹くだなんておかしな話だわ。

陛下という単語が、心のどこかに引っかかる。そう、自分は王妃となることが決まっているのに、夜中にほかの男性と過ごしているだなんて知られれば、不貞を疑われても仕方ない。コーデリアのみならず、相手も無事では済まない状況だ。

そこで、彼女は目を瞠った。

このアエリア宮殿内で、誰よりも自由と権限を所有するのが誰なのか、そんなことは火を見るよりも明らかである。そして、そのひとはコーデリアと夜の逢瀬《おうせ》を楽しんだところで、誰からも非難されることもない。

「……もしや、あなたがヒューバート陛下なのですか？」

黒いマントに金の刺繍を施し、編上げの長靴《ちょうか》と乗馬用の衣服をまとった男性は、いかにもと頷いた。

「まさか、我が婚約者どのがバルコニーまで会いに来てくれるとは思わなかった。それに、初対面は結婚式になると聞いていたのだが、そのような姿を披露してもらえるとはな」

長い睫毛を瞬《しばたた》いて、コーデリアは彼――エランゼ国王ヒューバートを凝視する。信じられない気持ちと、やはりそうだったかと思う気持ちはぐるぐると渦を巻き、現状の把握に時間を要した。

「――っっ……！　こ、これは別に、誰かに見せるためではなく……！」

そう、ヒューバートの言うとおり、コーデリアは夜着姿だったのだ。笛の音色に誘われて、などと言い訳したところで、一国の王女があられもない格好で夜の宮殿内をうろついていたことは事実である。しかも、それを指しておてんば扱いされたというのに、コーデリアは気づきもしないで「なぜおてんばと見抜いたのか」と尋ねた。

――ああ、なんてことかしら。わたしとしたことが、迂闊《うかつ》にも程があるわ……！

涙目になって、今さらと知りながらもガウンの前を引き寄せる。当然、夜着の下には下着も着けていない。

「無礼をいたしました。今夜のことは、どうぞお忘れいただきたく願います」

赤面したままで、必死に声を絞り出す。これほどの無様な姿を晒《さら》しておきながら、忘れてほしいなんて図々しいのは承知の上だ。しかし、これで宮殿から叩《たた》き出《だ》されては、ステーリア王国の未来が危ぶまれる。

せめて、常日頃からこのような態度ではないことを知ってもらいたい。そして、できることなら今夜の無礼を不問に付してもらいたいのだ。

「恐縮せずとも構わん。ほかの男に見せたのではなく、夫となる私に見せたのだ。問題にもなるまい」

「では……」

忘れていただけますか？

声に出さず、コーデリアはまなざしで訴えた。こちらにとっては切実な問題だが、ヒューバートは艶然と微笑むばかりである。

「忘れることはできんな。私としても、淑女のそういった姿は初めて目にしたのだ。だから、今宵《こよい》のことはふたりだけの秘密にしておこう。どうだ、コーデリア」

「はい。ぜひ、そのようにお願いいたします、陛下」

深く頭を下げて、そのまましゃがみこんでしまいたくなった。できることなら、逃げ出したいというのが本音だ。

「では、そうと決まれば部屋まで送らせてもらおうか。アエリア宮殿はなかなか入り組んでいるだろう？　案内もつけずにひとりで出歩くと、部屋まで戻るのもひと苦労だ」

手にした笛をくるりと回したかと思うと、彼はコーデリアに近づき、軽々と抱き上げる。

「陛下、何を……!?」

「言っただろう。部屋まで送る。我が花嫁が、夜の宮殿内で迷っては大変だからな。それに、こうしていれば誰かとすれ違ったところで余計な心配もされまい」

見るからに逞《たくま》しい体つきのヒューバートだが、まるで荷物のように肩の上に担《かつ》がれて、コーデリアは気が気でない。彼の言うとおり、この格好ならば誰かに見られたところで、夜着姿を気にされることはないだろう。逆に婚約者だとも思われず、宮殿に侵入した逆賊とでも勘違いされそうだ。

「あの、陛下。自分で歩けますので……」

「気にするな。私はこう見えても力には自信がある」

そういう問題ではないのだが、と言うわけにもいかず、コーデリアは「わたしは重いのでしょうか……？」と小さく問いかけた。

「いや、軽い。驚くほど軽い。それに、少し力を入れたら壊れてしまいそうなほどやわらかいのだな」

腰まわりを支えてくれる彼の手が、急に恥ずかしく思えてくる。ヒューバートの大きな手に、自分の体が触れられているのだ。

――結婚したら、陛下と受粉《、、》をすることになるのに、今から恥ずかしがっていては妻として失格だわ。

だいぶおかしな方向への努力ではあったが、コーデリアは懸命に恥じらいを堪らえようとしていた。気を抜いたら、下ろしてと叫んでしまいたくなる。まず、視点がいつもより高くて怖いし、ヒューバートが長い足で歩を進めるたびに体が揺れて身が竦《すく》む。そんな自分に「これも妻の務め」と心のなかで言い聞かせるのは、なかなかに至難の業だ。

「コーデリア」

「はい」

歩く速度を緩めもせず、急に名を呼ばれて反射的に返事をする。彼の声は、少しだけこわばっている気がした。

「……あなたは、この結婚をどう思っている？」

わずかに躊躇《ちゅうちょ》する気配を感じ、今度は即答ができなくなる。

この結婚をどう思っているか。

生まれ育った国を出るときから、覚悟は決めていた。いや、正しくは幼いころから決められていたことと言うべきかもしれない。ステーリア王国の王女として、然《しか》るべき時期が来たら国のためとなる相手のもとへ嫁ぐ。そして、子を産み、国母となり、ふたつの国の架け橋となる。それがコーデリアの人生に課せられた道筋だ。

いわば、結婚はコーデリアにとって果たすべき義務のひとつだった。――そう、だった、と過去形で語るのは、今のコーデリアが違う考えを持っているからにほかならない。

「わたしは、陛下と幸せな家庭を築きたいと考えております」

にじみかけた戸惑いに気づかれぬよう、慎重に言葉を選ぶ。それは、ステーリアの王女として正しい回答だ。

「いい返答だ。しかし、それがコーデリアの本心か？」

「……どういう意味でしょう？」

胸のうちを読まれた気がして、声が上擦る。

国と国が決めた結婚相手が、このひとで良かった。その気持ちを伝えるには、まだいささか知り合ってからの期間が短すぎる。

「私はあなたよりずいぶんと年上で、女性の扱いもろくに知らん男だ。若い娘というのは、やはり流行《はや》りの恋物語のような恋愛に憧れるのではないか？　そういう幸せを知らずに、国同士の約定で結婚して、あなたの世界を狭めてしまうことに不安がないとは言えん」

十九歳の年の差など、コーデリアはついぞ忘れていた。正しくは、彼の笛の音に心を奪われてしまったというべきだろう。

美しい旋律に誘われて、辿《たど》り着《つ》いた先に夫となる男性が佇んでいた。これこそが、運命だと思いかけていた十七歳の少女には、ヒューバートの言わんとすることが理解できない。

「それは、わたしでは陛下の后《きさき》に相応しくないということでしょうか……？」

口に出してみると、ひどく胸が痛む。威厳ある王の隣に並ぶには、自分のような娘ではあまりに幼いことをコーデリア自身も知っている。威厳のある王には、自分が物足りない女性に見えたのかもしれない。

「ははっ、逆だろう。コーデリアなら、どの国でも引く手あまただ」

「わたしは……っ」

ヒューバートの肩のうえで、コーデリアはぐっと上半身を起こす。

――わたしの世界が狭まることを不安だと言う。陛下は、すでに広い世界を、たくさんの女性を知っているという意味なのだわ。

自分が、彼から見れば小娘でしかないのは知ったうえで、番《つがい》のように唯一無二の存在になりたいと願う。

そう、これはひとめ惚《ぼ》れだ。

初めての恋であっても、この心臓が教えてくれる。高鳴る鼓動が告げている。これが恋、これが異性を好きになるということ――

「わたしは、エランゼ王国から見れば取るに足らない小国の王女です。そのわたしを后に選んでくださったことを、心から感謝しております。それに、広い世界を知らぬことを哀れんでくださるのでしたら、どうぞ陛下がわたしの世界を広げてくださいませ」

――たとえ、あなたがわたしを選んだのではなくともかまわない。エランゼ王国の大臣たちに感謝するわ。

始まったばかりの小さな恋を胸に、コーデリアは精一杯の想《おも》いを告げた。

「無鉄砲に見えても、さすがは賢后の娘、か。コーデリア、あなたがそこまで覚悟しているのならば、私も全力で応えよう」

抱き上げられたときと同じく、唐突に彼の足がとまる。そして、コーデリアはそっと床に下ろされた。磨かれた床に室内履きで立っていても、まだ自分が宙に浮いている気がする。

「陛下、ここまで送ってくださって、ありがとうございます」

改めて夜着の裾をちょんとつまみ、淑女らしい会釈をひとつ。これから、彼が自分の新しい家族になる。今はまだ、おやすみのキスをする関係も築けていないが、いつかきっと。

「ゆっくり休むがいい。何か必要なものがあれば、遠慮なく申し伝えよ」

「はい。お心遣い、痛み入ります」

踵《きびす》を返したヒューバートは、背筋をまっすぐに伸ばして廊下を歩いていく。

その後ろ姿を見送りながら、コーデリアは決意を新たにまばたきをした。

あのひとと、幸せな家族になろう。穏やかな人生を共に送るのだ、と──

もちろん、そう思ったときのコーデリアが閨事について忘れていたのは言うまでもない。

§　§　§

エランゼ王国へ到着した翌日、コーデリアは朝からウェディングドレスの試着をし、式次第の説明を受け、宮殿内にある聖堂へ案内された。

結婚式の二日前にエランゼへ入ることは以前から決まっていたため、ウェディングドレスはステーリアで準備したものだ。職人の手による繊細な刺繍は、ドレスの光沢ある布地に美しい模様を描き出す。ロンググローブと揃《そろ》いのレースを用いていた。

そして、頭上に戴《いただ》くヴェールだけはエランゼ王室に代々受け継がれるものだ。国王、もしくは王太子の后となる女性だけが着けることを許されるティアラは、透明度の高い宝石だけをふんだんに散りばめてある。

試着を終えてしばらく経《た》っても、まだ頭のうえにティアラの重さが残っている気がした。

聖堂の、ステンドグラスでできた高い天井を見上げる。陽光を受けてきらめく色とりどりのガラスは、楽園の空を表現しているのだろう。地上に生きる者には、決して手の届かない天上の楽園。

――……美しい。だけど、嵐の夜にはガラスが割れたりしないのかしら。

結婚式を翌日に控えている身としては、いささか冷静な感想である。

「いかがですかな。地上の楽園から見上げる天上世界は？」

大司祭のローレンスに声をかけられ、コーデリアは現実に立ち戻った。

「はい、とても美しゅうございます。手を伸ばせば届きそうに錯覚してしまいますが、ひとの手ではあの天井にすら届かないことを実感いたしますね」

そう言うと、ローレンスは厳しい顔にふっと笑みを広げる。刻まれた皺《しわ》が、彼の聖職者としての静粛な人生を物語っていた。

ほのかに破顔した大司教が、無言で二度頷く。かと思うと、彼はおもむろに「ジョエル」と呼びかけた。おそらく、初めて聞く名前だ。この国へ来てから挨拶を交わしたなかに、そういった名前の男性はいなかったように記憶している。

そこへ、聖堂の奥からひとりの青年が姿を現した。ローレンスとどこか似た面影があるけれど、醸し出す雰囲気は異なっている。年齢はヒューバートに近いだろうか。深みのある茶色の髪と、同系色の瞳。しかし、よく見れば茶色の瞳は金色のまだらが入っているようだ。長い髪は首のうしろでひと括《くく》りにし、背に垂らしている。

「お呼びでしょうか、大司祭さま」

少し高めの澄んだ声で、ジョエルと呼ばれた男性が微笑んだ。甘やかな口元の印象は、唇の左下にあるホクロのせいかもしれない。

「うむ。コーデリアさま、これは愚息で司祭を務めるジョエルと申します。未熟者ではありますが、以後お見知りおきを」

やはりローレンスの血縁者だった。なるほど、息子と紹介されてみれば、やはりローレンスとジョエルは眉の形や輪郭など、類似した部分が多い。ただし、部分的に切り取れば似ているところもあるが、全体的な雰囲気は違っている。がっしりした体つきのローレンスに比べて、ジョエルはやや優男風の風体だ。

「お初にお目にかかります、コーデリア王女。わたくしはジョエル・フェッセンデン。ただ今紹介にあずかりましたとおり、司祭を務めております。僭越ながら陛下とは、幼いころより親交をちょうだいしております」

ヒューバートの幼なじみと聞いて、コーデリアの頬がぽっと赤く染まった。

「どうぞよろしくお願いいたします、司祭さま」

昨晩、偶然に顔を合わせたヒューバートのことを思い出すと、今も胸のどこかが甘く震える。次に彼と会えるのは、明日の結婚式だろう。そして、その先はずっとそばにいられる。少しずつ、彼のことを知っていきたい。そんな想いを胸に、コーデリアははにかんで会釈した。

「これはこれは、なんともいとけない王女であられますね」

しかし、ジョエルは穏やかな口調とは裏腹に、わずかばかりの揶揄《やゆ》のこもったまなざしを向けてくる。何か、彼の気に障る態度をとってしまったのだろうか。

――もしかしたら、王妃には幼すぎると懸念しているのかもしれない。わたしったら、ヒューバート陛下の幼なじみと聞いて、浮ついてしまったわ。

背筋を伸ばし、少しでも落ち着いた淑女らしく振る舞おうと、コーデリアは唇を引き結んだ。

「まだまだ至らないところが多く、司祭さまにもご面倒をおかけすることがあるかもしれません。ですが、少しずつエランゼ王国のことを知っていきたいと思いますので、ご助力いただければ幸いです」

幼さの残る顔立ちも、小柄な体つきも、十七年間つきあってきた『自分』である。その見た目から、王女としての公務に出た際、必要以上に子ども扱いされたり、何もわからない小娘扱いされたことがなかったとは言わない。

だからこそ、コーデリアはあえて反論せず、前向きな姿勢を崩さないよう心がけて生きてきた。人前でだけ取り繕っても、いずれはボロが出る。ならば、本心から前向きでいよう。そんなふうに考えて実践できるあたりは、コーデリアが明るい心根の持ち主だからなのだが、当の本人にすれば「王女として生まれたからには必要な努力」程度の認識だった。

「未来の王妃に幸多からんことを」

しかし、相手は二枚も三枚も上手《うわて》というべきか、ジョエルは軽く笑みを浮かべて「本気になんてしていませんよ」とでも言いたげに受け流す。見栄えのする容貌の司祭は、女性から頼られることも多いのだろう。

そこで引き下がればごく普通の町娘、相手ののらりくらりとした態度に甘くすがれば遊び上手な上流夫人。そして、コーデリアの返答は、

「はい、よろしくお願いいたします」

満面の笑みである。

元来、コーデリアは素直な気質の少女だ。それが、王族として純粋培養されたことにより、

他者を悪しざまに思ったり、自分を陥れようとしていると疑ったりしない人格を形成した。

これには、大司祭ローレンスも呆気《あっけ》にとられたらしく、くっくっと肩を震わせて笑い出す。

「まあ、大司祭さま、どうなさったのですか？　わたしが、笑われるような無作法をしてしまったなら、どうぞお教えくださいませ」

「いやいや、王女は肝が据わっていらっしゃる。愚息がお役に立てるときには、いつでもお呼び立ていただきますよう」

ひくりと頬を引きつらせるジョエルをひと睨《にら》みし、ローレンスがコーデリアに「では、聖堂をご案内いたしましょう」と右手で先を促した。

——大司祭さまは、無作法だとは思っていらっしゃらないのかもしれないけれど、やはり今のはわたしが何か間違っていたのかもしれない。そうでなければ、あの厳粛な方がお声をあげて笑うなんて考えられないもの。

ひと呼吸おいて、コーデリアは顔を上げる。

「あの、よろしければ——……」

ジョエルが、自分に対して思うところがあるらしいことは気づいていた。なぜ反感を買ったのかは不明だが、ヒューバートの友人らしき彼に反目されるのはまずい。

「ジョエル司祭に案内をお願いできますか？　陛下との幼少期の思い出なども、お聞かせいただけたら嬉しゅうございます」

挽回《ばんかい》したい気持ちと、これ以上余計なことをしないほうがいいと思う気持ち。相反する方向性を抱えながら、コーデリアは自分からジョエルに近づこうと決めた。

──もし、わたしに悪いところがあるのなら、濁さずに教えてもらいたい。そうすれば、改善の余地も見つかるかもしれないもの。

昨晩会ったばかりのヒューバートに、コーデリアは初恋らしき感情を抱いている。よき夫婦となるためにも、ヒューバートの友人に敬遠される状況を放置すべきではない。

──ひととひととは、話し合うことができる。わかり合うことができる。たとえ、どれほど考えが違う国家間の問題であっても、努力を忘れてはいけないと、教師たちも教えてくれた。

それが度を越すと鬱陶しく思われることも重々承知のうえで、コーデリアはジョエルに微笑みかけた。

「かしこまりました。不肖の息子ではありますが、王女たってのご希望とあらば。──良いな、ジョエル」

ローレンスの重く低い声に、ジョエルが片頬だけ笑みを作って頷く。

「わたくしでよろしければなんなりと」

「我儘《わがまま》をお許しくださり、ありがとうございます。大司祭さま、ジョエル司祭さま」

天真爛漫《てんしんらんまん》に会釈して、コーデリアはふわりと花が咲くように笑いかけた。背後に控えていた侍女のハンナと侍従長、それに数人の侍女たちがほっと息をついたようだ。

あとになって知るのだが、大司祭ローレンスはひどく気難しいところがあり、大臣や貴族、その令息令嬢たちも、過去に幾度となく不興を買っていたという。さらには、ローレンスとジョエル親子が少々考えを異にするところも、使用人たちの懸念のもとだったそうだ。

そういった事情を知らないはずのハンナに至っては、「コーデリアさまは無邪気でいらっしゃいますが、ときに周囲の人々を巻き込みすぎるきらいがおありです！」と心配していたことを直接訴えてきた。

誰からも愛される王女というのは、何もせずとも愛されるのではなく、愛されざるを得ない言動によって確立された位置なのだと語られたところで、残念ながらコーデリアには困惑の材料にしかならなかったのだけれど。

§　§　§

昼食を終えて居室へ戻ると、ドアを開けたハンナが「あら？」と小さく声をあげた。足元にしゃがみこんだ侍女は、その手に封筒を持っている。

「なんでしょう？　コーデリアさま宛かとは思われますが……」

封蠟《ふうろう》は、エランゼ王家の紋章をあしらったもの。思わず、コーデリアの心臓がどくんと跳ねた。

「どなたかがお手紙をくださったのでしょう。ハンナ、ペーパーナイフをとってもらえますか?」

手紙を受け取ろうと手を差し出したコーデリアに、ハンナがぶんぶんと首を横に振る。

「いけません! このような、誰が書いたかもわからない手紙だなんて危険です。もしや、陛下とご結婚なさるコーデリアさまを妬《ねた》んだ者が、毒を染み込ませた便箋を使っているかもしれません‼」

修道院出身だというのに、なんとも物騒な発想の侍女は、鼻息荒く封筒にナイフを入れた。

「まあ、そんなことあるわけがないです。この国の人々は、皆とても親切ではありませんか」

自分を心配してのこととはいえ、エランゼの民を疑うハンナに、思わずたしなめる言葉が口をつく。

「それに、もしもほんとうに毒が仕込まれているとしたら、ハンナにさわらせるわけにはいきません。さあ、それをこちらに渡してください」

疑いたくはない。だが、侍女が危険にさらされるのを見逃すこともできない。毒を送られるほどに憎まれているのなら、罪のない他者を犠牲にして助かったところで自分に未来はないだろう。

「コーデリアさま……ですが………」

まだ躊躇するハンナに、コーデリアは優しく微笑みかけた。

「たとえ逆恨みであろうと恨みは恨み。それはわたしの因果から発したものです。だいじょうぶ、それはきっとわたしに用のある方が、、こっそり送ってくださったお手紙に違いないのですから」

渋々ながらも、封を切った手紙がこちらに渡される。まさか、毒やその他の悪意が届けられるはずはないと思いつつ、侍女の過敏な反応でコーデリアも少し不安になってきた。

だが、同時にとあるひとからの手紙なのではないかと期待で胸が膨らむ。なにせ、エランゼ王国へ来てからまだたった一日。挨拶を交わしたひとは多くいるけれど、親しく話した相手はヒューバートだけだ。

意を決して便箋を取り出すと、コーデリアはほっと息を吐く。

「ふふ、やはりあなたの早とちりだったようです。これは、陛下からのお手紙ですもの」

「まあ！　陛下からだなんて、ほんとうですか⁉」

侍女とふたり、もつれるように長椅子に腰を下ろし、二つ折りの便箋を宝物のように丁寧に開いてみる。

『親愛なるコーデリア

今宵も同じバルコニーであなたを待つ。

雨が降らないよう、祈りながら。

ヒューバート』

ごく短いメッセージではあるけれど、間違いなくヒューバートからの手紙だ。昨晩、あのバルコニーで会ったことは、誰にも話していない。もちろん、ハンナにも。

「今宵もということは、昨晩もお会いになっていらっしゃったのですか!?」

「――……どうしましょう、ハンナ！　陛下が、今宵も待っていてくださるだなんて！」

ほぼ同時に顔を見合わせ、それぞれ違う理由で目を大きく見開いたふたりは、手と手を握りあった。

昨晩のことを軽く説明し、ヒューバートに会う際に夜着で行くのを避けるためにどうすればいいかを検討する。なんといっても、十七歳のコーデリアが下着も着けずに出歩くだなんてふしだらにすぎる。

まずは、昨晩の無防備な行動についてハンナのお説教が半刻ほど。それを終えると、今度はハンナも乗り気になったらしく、あれでもないこれでもないとふたりは服装について頭を悩ませた。

恋愛からほど遠く暮らしてきたコーデリアも、同じく修道院で厳しく躾《しつ》けられてきたハンナも、表立っては隠しているが乙女心を忘れたわけではない。

「――でも、ドレスを着て行ったら、戻ってからあなたの手を借りないと着替えができなくなってしまいます」

さすがに、夜遅く侍女を呼びつけて着替えの手伝いを頼むのは気が引ける。そう言って肩を落としたコーデリアに、ハンナがぐっと身を乗り出してきた。

「いいえ、コーデリアさま！　これはハンナの務めでございます。それに、コーデリアさまがお戻りにならなかったらと考えたら、不安で夜も眠れません」

「ふふっ、そう言いながら、ハンナったら早く話を聞きたくて仕方ないという顔をしていますよ？」

「まあっ！　コーデリアさま、それは聞き捨てなりません！　このハンナ、王妃さまから直々にお声をかけていただき、こうしてエランゼ王国までご一緒しておりますものを――」

生まれた国を離れて、遠い大国まで共に来てくれたハンナには、心から感謝している。コーデリアは、再び侍女の語るありがたい説教を聞いてから、首を縦に振った。

正直なところ、ハンナに頼らなくてはコルセットをはずすこともままならないのだ。背中側できつく締め上げるだけに留まらず、ドレスのボタンやリボンもたいていが自分の手が届かないところにある。

「では、今夜は入浴のあと、丁寧に御髪《おぐし》を整えなくてはいけませんね。ああ、それでしたら、知り合いになった侍女にエランゼの流行の髪型などを確認して参ります。善は急げと申しますので、わたしはこれで失礼いたします、コーデリアさま」

感情の起伏が激しく、頑固なのに流されやすいところのあるハンナは、慌ただしく部屋を出ていった。

それにしても、昨日の今日でもう知り合いができているというのは、さすがというべきか。

「——……ハンナは、どんな国へ行ってもきっと友人に囲まれているのでしょうね」

ひとり残されたコーデリアは、少しだけ侍女を羨《うらや》んだ。自分には、王女という肩書があるから、どんなときでもどんな場所でも誰かが手を貸してくれる。しかし、もしもひとりの人間として生きていく力を試されたなら、きっとハンナのようにはできないだろう。

——それでも、わたしは陛下の后になるのだから、せめて陛下のお役に立てるようにならなくては。

具体的な方法はまだわからない。そう思ってから、自分にしかできないことがひとつあることに気づいた。

ヒューバートの子を産む。それは、コーデリアにだけ許された権利だ。どこぞの国では、王が幾人もの愛妾《あいしょう》を囲っているという噂《うわさ》も聞いたことはあるけれど、それはあくまで噂でしかない。通常、王は王妃との間に子をもうける。そして、第一子あるいは長男が王位を継承するのだ。そうして国は存続し、民は安定した基盤のもとで暮らしていく。

もう一度、ヒューバートからの手紙を読み返してみる。すると、昨晩の笛の音が聞こえてくるような気がした。

「今夜こそ、あの笛の名前を教えていただかなくては。とてもすてきな音色だったもの」

便箋に向かって話しかけると、コーデリアは指南書の入ったレターボックスを取り出し、手紙をそっとしまい込む。

早く夜が来ればいいのに――

まだ陽《ひ》が高いうちから、コーデリアは窓の外を見つめて幾度もため息をついた。


夕刻、少し早めに入浴の準備を整えてもらい、髪までしっかりと洗い上げる。美しい金色の髪は、一本一本が細くやわらかで、乾かすのに時間がかかるのだ。

丁寧に髪の水気をとり、着替えを手伝ってくれたハンナも、なぜか緊張顔である。

しっかり乾いたのを確認してから、アエリア宮殿一の美容に詳しい侍女から習ったというハンナが、コーデリアの髪を結い上げてくれた。

何本もの三つ編みをリボンのように結い上げたアップは、もとよりかわいらしい顔立ちのコーデリアをいっそう明るく、健やかな印象にしてくれる。

蝶《ちょう》をモチーフにした髪飾りをつけ、ふわりとやわらかなドレスを纏うと、春の野原に遠出するようないでたちになった。

「とてもお似合いですよ、コーデリアさま」

ハンナの言葉に、コーデリアははにかんで首を傾《かし》げる。

「ありがとう、ハンナのおかげです。昨晩は誰にも会わなかったから良かったものの、あんな格好で廊下を歩くだなんてみっともないことをしてしまいましたから」

「きっと、神さまが陛下との出会いを演出してくださったんですね。運命は実在するんですね」

どこか夢見がちな侍女の表情を見ていると、自分も運命を信じたくなるから不思議なものだ。

事実、自分の意思とは無関係に決まった縁談を受け入れたつもりでいたが、それは単に理性で「自分はこうするべき」と判断していたにすぎない。ヒューバートと出会って、彼の妻になりたいと心から思えるようになった。これが運命だとしたら、自分はなんと幸せなのだろう。

「――そうだったら嬉しいわ」

だが、同時に真逆のことも考える。

ヒューバートにはほかに運命の相手がいたとして、それでも国と国の決めた相手――コーデリアと結婚したなら、彼は幸せになれるのだろうか。

――ああ、そうか。

不意に、目の前が開けた気がした。それまで目隠しをして、誰かに手を引かれるままに歩いてきたかのように、コーデリアは自分の世界を初めて自分の目で見る。

結婚相手が誰かを想っていても、王と王妃として国の礎《いしずえ》になれさえすれば良いと思い込んでいたのは、自分が相手を人間として認識していなかったからなのだ。そして、自分の感情にさえ向き合わず、決められたことをこなすだけの人形の立場に甘んじていたのだ。

夕陽《ゆうひ》が、レースのカーテンを淡い橙色《だいだいいろ》に染める。それを見つめて、天啓を受けたかのように自分を囲む世界の真相を察したコーデリアは、じっと立ちすくんでいた。

――ここからは、自分で歩いていかなくてはいけないんだわ。わたしは、ヒューバート陛下と幸せになりたい。陛下にも、同じように幸せになっていただきたい。

そのために、何ができるのか。何をすべきなのか。そして、自分は何をしたいと思っているのか。

夕食の間も、コーデリアは考え続けた。


「――来たか。迷っているのではないかと、少し心配していた」

その夜、バルコニーに到着したコーデリアを、ヒューバートは優しく出迎えてくれた。

誰かに気づかれてはまずいかもしれないと言って、侍女のハンナはコーデリアの寝室に控えてくれている。ないとは思うが、侍女の誰かが部屋にやってきたら、寝台にもぐりこんで寝ているふりをするためだ。

侍女の協力もあり、身なりも整えてバルコニーへやってきたコーデリアだったが、ヒューバートの顔を見た途端、緊張がほどけて頬が緩む。

「ご心配をおかけしてしまい、申し訳ありませんでした」

「いや、かまわん。勝手に心配していただけの話だからな。それよりも、昨日とずいぶん服装が違うようだが、私が呼び出したせいで入浴もせずに来てくれたのか？」

夜風が足元を吹き抜ける。ドレスの裾がふわりと広がった。

「陛下からのお誘いを知った侍女が、入浴後に着替えを準備してくれたんです」

「そうか……。少し残念ではあるが仕方あるまい」

真顔でそう言ったヒューバートが、驚いたコーデリアの表情を見て、さっと目をそらす。その頬が、わずかに赤らんでいる。

「すまん、私はどうにも女性に対して不躾《ぶしつけ》なようだ。今後は気をつけよう。あなたも、あまり気にしないでくれるといいのだが――」

どうやら、彼が昨晩から言っている、女性と接することが少ないということは事実のようだ。三十六歳の大人の男性が、自分のような小娘相手に頬を染める姿に、胸の奥がくすぐったくなる。

――このくらいで恥じらっては、陛下を困らせてしまう。

コーデリアは、一歩近づいて彼を見上げた。

いついかなるときも、淑女たれ。高潔な王女たれ。そう教えられて育ったが、明日からのコーデリアはヒューバートの妻となるのだ。

――夫となる方が望まれるのならば、なんだって応じられるようにならなくては。わたしは、この方と幸せを作っていきたいんですもの。

勇気を振り絞って、コーデリアは口を開いた。

「あ、あの……陛下がお望みなのでしたら、今から着替えてまいります！」

「なっ……!?」

もとより、ぽっと赤い頬は刷毛《はけ》で塗りたくったように真っ赤になっている。そんなコーデリアを見て、ヒューバートの頬もさらに紅潮しているようだ。

「何を言う、コーデリア。そんなことは望んでいない。だから、あなたは夜着で廊下を出歩いたりしてはならん！」

「そ……そうですよね。申し訳ありません。わたし、なんてはしたないことを……」

精一杯の気持ちを拒絶され、つい声が小さくなる。消えそうな語尾同様に、自分自身も消えてなくなってしまえたらいいのに。彼といると、いつもの自分でいられない。どうしてか、おかしなことを言ってしまう。平常心が保てないのだ。

「いや、待て。あなたを責めたつもりではなくだな、そういう姿は誰にでも見せるものではないというか……」

「どうぞお許しくださいませ。昨晩、陛下の前であのような姿をさらしたこと、心から反省いたします」

「そうではない。あれは……そう、夫となる私ならば、見てもいいものだ！」

目を伏せて恥じらうコーデリアの肩を、大きな手がぐっとつかんだ。ヒューバートは背が高いばかりでなく、手も大きければ指も長い。その力強い手で引き寄せられ、コーデリアは反射的に顔を上げる。

「――……お怒りではないのですか？」

おずおず尋ねると、ヒューバートが困ったように笑いかけてきた。

「当たり前だ。私は、自分の不調法であなたを傷つけたくはない。それに、昨晩のあなたはとても……魅力的だった……からな……」

十九歳の年の差さえも忘れてしまいそうになる。猟犬のように鋭い眼光を持つ騎士王は、逞しい体躯を持て余す素振りで頬を掻《か》いた。指先のわずかな動きすら、愛《いと》しく思えてくるのは、ハンナの言うとおりふたりが運命の相手だからなのかもしれない。

「嬉しゅうございます、陛下」

まっすぐに彼を見つめ、コーデリアが微笑んだ。蝶の髪飾りが月光を反射する。

「………なんだと？」

「わたしは、陛下よりずっと幼く、妻として仕えるには未熟だと自覚しておりました。ですから、少しでもそのように仰《おつしや》っていただけて、自分がここにいていいと認められた気がするのです。――そんなふうに思うのは、いけないことでしょうか？」

肩に置かれた彼の手が、ぴくりと強張《こわば》った。

コーデリアのすみれ色の瞳を、ヒューバートがじっと見つめてくる。深い二重まぶたと、びっしり生えそろった黒い睫毛。頬にかすかな影を落とし、彼が二度、三度とまばたきを繰り返した。

「いけなくはない。素直に感謝すべきだったな。何事も駆け引きをせねばならんと思い込んでいるのは、私の悪い癖だ。あなたの純真さは、それに気づかせてくれるらしい」

ありがとう、と彼は言う。

自分の何がヒューバートに感謝されたのかわからないけれど、受け入れてもらえた喜びが胸ににじんでいく。

「ところで、だ。今宵、あなたを呼び立てたのは、昨晩話しそびれたことがあったと思い出してな」

すっと肩が軽くなり、ヒューバートが置いていた手を下ろした。彼のぬくもりがなくなって、物悲しい気がする。もっと触れてほしいだなんて、自分はいったいどうしてしまったのだろうか。

コーデリアは気を取り直して、小首を傾げた。

「話しそびれたことですか？　なんでしょう、ぜひお話しくださいませ」

「ああ、たいしたことではない。この笛のことだ」

腰のベルトに差していた横笛を手にすると、ヒューバートが片手でひらひらと揺らしてみせる。近くで見ると、ずいぶんと小ぶりな笛に思えるが、それは彼の手が大きいことによる錯覚かもしれない。

「まあ！　わたしも気になっていたのです。見たことのない笛でしたし、音色も今まで聞いたどの笛とも違っていましたから」

「ははっ、それもそうだろう。この笛は、異国から渡ってきた外商に教わって、私が作ったものなのだ」

「えっ……!?」

海の向こうの珍しい笛か何かを想定していたコーデリアは、もとより大きな目をまんまるくした。

「それほど驚かずともよい。子どものころ、草笛《くさぶえ》を吹いたりしたことがあるだろう？　それと大差ないのだからな」

「草笛……ですか？」

きょとんとしたまま、コーデリアが尋ね返すと、今度はヒューバートが驚いた顔をする。

「ん？　草笛を知らないのか？」

「はい。不勉強で申し訳ありません」

草笛というからには、草で作った笛なのだろうというところまでは予想できる。だが、草をどうやって笛にするのか、うまく考えつかない。細長い草を選んで編むのだろうか。それとも、乾燥させた草を使うのかもしれない。だが、どう考えても良い音が鳴りそうに思えないのだ。

「……そうか、それもそうだな。いくらおてんばな王女でも、草原を駆け巡ったりはしないだろう。すまない、またしても私のミスだ」

「謝らないでくださいませ。わたしが世間知らずなのです。次にお会いできるときまでに、調べて勉強してまいりますので……」

慌てたコーデリアの頭に、大きな手のひらが触れる。ぽんぽんと頭を撫でられ、続きが声にならなくなった。

──陛下は、見た目はとてもお強そうで、この手で剣を握り、幾多の戦場を駆けてきたに違いない。けれど、触れてくる手は誰よりも優しく感じる。

「勉強するようなものではない。いいか、草笛というのは──」

ふたりはバルコニーに背をもたせ、並んで立つ。ヒューバートは、身振り手振りをつけて草笛について説明してくれた。その説明は、とても簡素でわかりやすい。きっと、彼の人柄なのだろう。華美な装飾ではなく、実用性を重視しそうに思える。

──この方は、誠実なのだわ。

丁寧にわかりやすく教えてくれるヒューバートを見ていて、コーデリアは心からそう感じた。大陸内でもっとも勢力のあるエランゼ王国。その王でありながら、こうして気さくに夜の逢瀬に誘ってくれる。それだけでも、ヒューバートが驕《おご》った男性でないことはわかっていた。いや、昨晩会ったときに、すでに気づいていたのだ。

王とは、強くなければいけない。

──でも、強さは戦いのなかにだけ発揮されるものではない。生命力にあふれ、国を導く力こそが求められるのだもの。

王とは、正しくなければいけない。

——ひとの世に、絶対的な正義など存在しない。だからこそ、王は王の決めた正しさを追求することで、民に道を示す。

そして、王とは、唯一無二でなければいけない。

コーデリアは、今まで宮殿を訪れた家庭教師の女性たちが教えてくれたことを、ひとつひとつ思い出す。王について、王政について、王のあり方について、歴史から様々なケースを学ぶことができる。

だが、そのなかでコーデリアが自分で選び取った王のあるべき姿は、強く、正しく、代わりのない存在であることだった。

理想の王と言い換えてもいい。コーデリアが思い描く王に、ヒューバートは限りなく近い男性だ。

知り合って、まだほんの一日しか経っていない。気が早いというのも承知している。それでも、もうコーデリアはヒューバートに夢中だった。初恋だと自覚した瞬間から、想いは加速をつけて転がっていく。まるで雪原の雪玉のように、転がるほどに身を膨らませ、気づけば胸いっぱいにせつなく甘い感情が広がっていた。

——……陛下となら、きっとだいじょうぶ。

母のくれた指南書が、頭の片隅で「受粉せよ」と告げている。恥ずかしい、どうしたらいいかわからない、怖い、逃げたい。そのすべての気持ちを乗り越えて、コーデリアはヒューバートと一緒にいたいと思っているのだ。

──どうしましょう。アレを準備しないと、受粉はできないのではないかしら。お部屋に戻ってからハンナに頼んで、明日の夜までに入手できるといいのだけど……

「陛下」

「なんだ？」

草笛の話が終わり、自作だという横笛を吹いてくれたヒューバートに、コーデリアは真剣な表情で話しかける。

「わたし、がんばります。至らないところも多々あるかと思いますが、陛下の妻として、后として、精一杯尽力いたします。どうぞよろしくお願いいたします」

深く頭を下げたところに、弾《はじ》けるような笑い声が聞こえてきた。

「いや、す、すまん。馬鹿にしているのではなくだな、あなたがあまりにかわいらしくて……」

言いながら、まだヒューバートは笑っている。

──この国の方たちは、皆揃って体格がよろしいけれど、もしかしたら笑い上戸も国民性なのかしら？

そういえば、日中は日中で聖堂に行った際、あの顰《しか》め面の大司祭にも笑われた。

ひとしきり笑ってから、ヒューバートは目尻を指先で拭う。涙が出るほど笑ったのだろう。

「まだ一日早いぞ、コーデリア。その言葉は、明日にでももう一度聞かせてくれ。それと、あなたが思うほど、あなたは子どもではない。私の目には、すばらしい女性に見えているのだからな」

と言いつつ、彼は子ども扱いするように大きな手でコーデリアの頭を撫《な》でる。紳士は淑女に対して、頭を撫でるのが常識なのか。自分の生まれ育った国では、そういった文化はなかったけれど、エランゼでは違う可能性もある。

——エランゼ王国では、『頭を撫でる』行為にどういう意味があるのか。あとで調べてみなくては。

考え込んでいるコーデリアを見て、何か思うところがあったのだろう。ヒューバートが、かがんでこちらの顔を覗《のぞ》き込《こ》んできた。

「……明日は、私から先に言わせてもらおう。だから、そのような浮かない顔はするな、コーデリア」

「は、はい……」

「さて、ではもう一曲、どうだ？」

「お願いいたします」

しかし、当然だがその夜、コーデリアは調べ物などできなかった。遅くまでバルコニーで話し込んだため、寝室へ戻ったときには夜半をまわっていたのだ。

――陛下とお話していると、時間が経つのがとても早く感じるみたい。きっと、陛下がお話上手なのだわ。

ハンナに着替えを手伝ってもらうと、すぐさま寝台に横になるよう言われる。明日は結婚式だとわかっていたのに、ヒューバートと過ごす時間があまりに楽しくて、部屋へ戻ると言い出せなかった。

もし、彼も同じ理由でそばにいてくれたのなら、これほど嬉しいことはない。

「明日……」

コーデリア・リナリー・ステーリアは、エランゼ国王ヒューバート・フェイ・エランゼの后となる――

# 第二章　花嫁の困惑、花婿の情愛

空は青く、湖面はきらめき、コーデリアは純白のウェディングドレスに身を包む。

支度を終えて、居室の長椅子に腰かけていると、心臓がおかしいほどに早鐘を打つ。自分は悪い病気なのでは、と心配になるほどだ。

「……だいじょうぶ、これはただの緊張よ」

右手を左胸に当て、コーデリアは自分に言い聞かせる。

誰だって、初めてのときは緊張する。それが国を挙げての式典となれば——さらにはその式典が自分の結婚式だというのだから、平常心でいられるはずもあるまい。

だが、それだけではなかった。

昨晩も、あの優しいひとと共に過ごした。結婚式を終え、聖堂で誓いを立てれば、コーデリアは正式にエランゼ王ヒューバートの妻となる。

出会ったその日に恋に落ち、その二日後に結婚するという状況に、緊張しない女性はそういないだろう。無論、コーデリアとて例外ではない。

知ったばかりの恋は、心をざわつかせる。彼のことを想うと、地についたはずの足が宙に浮いているかのように感じることがあった。心がふわふわと浮き上がり、体までもつられていく錯覚。

――いけない。今日は、決して失敗などするわけには……

ヴェールで視界が覚束《おぼつか》ない。心の準備のためと言って、侍女たちは皆、部屋を出ている。その代わりに、扉の向こうには白の騎士団の団員がふたり、花嫁の警護にあたっているはずだ。ドレスの裾に気をつけて、ゆっくり立ち上がる。何をするというあてもなかったが、居ても立ってもいられない。当《あ》て所《ど》もなく室内をぐるぐる歩くこと、三周。

ふと、母のくれた指南書を思い出した。

緊張の一因に、今夜の閨事があるのは自分でもわかっている。いわゆる初夜を前にして、コーデリアは自分がひどく無知で無防備なことを痛感していた。

レターボックスのなかから指南書を取り出すと、行儀が悪いと思いつつ、立ったままでページをめくった。

――アレは、今朝早くにハンナが手配してくれた。一応、寝室に置いてあるけれど、初夜は決められた部屋で行うことになっているし、どうやって持っていったらいいのかしら。

恥ずかしさに赤面しながら、コーデリアは指南書を何度も読み込んだ。そして、必要と思われるものも準備した。指南書に書かれているとおり、受粉に該当する行為をいたすからには、おそらく――

そのとき、短い間隔をあけて、二度ノックの音が響いた。

「――っっ、は、はい！」

急いで指南書をレターボックスにしまい、コーデリアは扉を振り返る。

「どうぞ」

なんとか平静を取り繕い、扉の向こうに声をかけた。表情は穏やかだが、今にも口から心臓が飛び出しそうな気がする。

「コーデリアさま、式典のお時間が近づいてまいりました。そろそろ移動をお願いいたします」

扉を開けた剛健な騎士が眩《まぶ》しそうに目を細めて告げた言葉に、甘くほどけていきそうだった心がきゅっと引き締まった。

「ありがとうございます。では、案内をお願いしますね」

「かしこまりました」

ドレスの裾を両手でつまみ、コーデリアはゆったりとした足取りで歩き出す。

ここから、新しい世界が始まろうとしているのだ。ステーリアの王女コーデリアではなく、エランゼの王妃コーデリアになるための儀式。

――お父さま、お母さま、お兄さま、お姉さまたち、どうかつつがなく結婚式が執り行えるよう、お力を貸してください。

心のなかで家族に願い、極上のレースをふんだんに使ったウェディングドレス姿で、コーデリアは歩いていく。

一歩、また一歩。

聖堂へと続く廊下が、今日はいつにもまして長く感じる。

中央階段に到着すると、階下には着飾った大臣たちが左右に立ち並んでいた。

そして、その先に白いフロックコート姿のヒューバートが待っている。

髪を撫でつけた彼は、夜のバルコニーで会ったときよりいっそう精悍《せいかん》で、叡智《えいち》にあふれた若き王の威厳を醸していた。引き締まった体は野生の獣を彷彿《ほうふつ》とさせる魅力を放ち、左手に持つ大きなブーケが少々不自然だ。

——ああ、そうだった。ここで陛下からブーケを受け取る手はずになっているのだわ。

式典の予習は完璧のつもりだったが、いざ本番となるといろいろと抜けているものだ。コーデリアは階段を下りながら、このあとの流れを頭のなかで確認する。

それにしても——

階段の下まで、ヒューバートが迎えに来てくれた。無言でブーケを差し出す彼を見上げ、頬が熱くなる。

——なぜ、こんなにすてきな方が今までご結婚なさらなかったのだろう。大国の王であることを考えても、世継ぎを求める声はあったでしょうし……

不意に、自分が夫となるひとの背景をほとんど知らないことに気がついた。知っているのは、無愛想に見えてじつは優しいこと、それから笛の演奏が見事なこと、手が大きいこと――

情けない、とコーデリアはうつむく。

王女として、結婚を受け入れるつもりでいた。それが自分の人生だと思っていた。だが、その考えこそが、自分の表層だったのだ。本心では、見知らぬ男性との結婚なんて望んでおらず、ヒューバートのことを知ろうともしなかった。だから、今になって彼がなぜ結婚していなかったのかもわからないのだ。

「――コーデリア？　どうした、具合でも悪いのか？」

差し出したブーケを受け取らずにいる花嫁を気遣って、ヒューバートが小さく問いかけてくる。

「いいえ、少し緊張しているだけです。ありがとうございます、陛下」

これではいけない。しっかりしなくては。

コーデリアは顔をあげると、頭のなかのもやもやした自己批判を振り払った。

そう、大切なのは過去ではない。これから始まる未来だ。自分が至らなかったと知ったからには、改善していけばいい。それに、ヒューバートの過去や三十六歳まで結婚しなかった理由よりも、目の前にいる彼の優しさを知っていることのほうが重要だ。

両手でブーケを受け取ると、コーデリアは夫となる王をじっと見つめる。

意志の強さを感じる眉、目尻の上がった形良い目、日焼けした肌も、逞《たくま》しい肩幅も、何もかもが魅力的な歴戦の騎士王。

——だけど、わたしが惹《ひ》かれたのは外見ではない。王という肩書でもない。繊細な笛の音を奏でる、優しいひとだから。

「今日は、どうぞよろしくお願いいたします」

迷うより、今の自分にできることを精一杯こなしていこう。コーデリアは、前向きな気持ちでヒューバートに微笑んだ。

「ああ、こちらこそよろしく頼む。私は今まで、ずいぶんと我を通してやってきた。だが、結婚だけはひとりでどうにかなるものではない。あなたがいなければ、結婚することはできないのだからな」

そっと耳打ちした彼は、どこか照れくさそうに人差し指で頬を掻くと、コーデリアの手を取る。無骨なエスコートが、心に響いた。

神前で誓いあったのち、大臣、貴族、他国の王族たちが参列するお披露目《ひろめ》も無事終了して、コーデリアは王家の新婚夫婦のみが立ち入ることを許された寝室に案内される。

いつもならば、宮殿内の移動は侍女がつくものだが、このときばかりは大司祭と四名の騎士に前後を固められての行列となった。

エランゼ王国での婚儀において、花嫁のヴェールは初夜まで決してはずしてはいけないものである。そのため、今日一日ずっと視界を遮るヴェールに包まれていたコーデリアは、何度もドレスの裾を踏みそうになった。

だが、それもあと少しで終わる。

宮殿の最上階にある、初夜のためだけの寝室にひとり、これから始まる行為に心臓が痛いほど高鳴っていた。

――陛下は、いつごろいらっしゃるのかしら。

寝室まで案内してくれた大司祭は、深々とお辞儀をして去っていった。あとのことは、すべてヒューバートに任せればいい。そうはわかっていても、立っていればいいのか、寝台に腰を下ろしていいのか、正しき花嫁の作法に困惑する。

なにげなく見回してみると、室内は中央に大きな寝台があるほか、調度品と呼べるものはほとんどない。なぜか、南側の壁にだけ一列に木製の椅子が四脚並んでいる。寝台に座るのは行儀が悪いかもしれないが、あの椅子になら座っていても――そう考えて、腰回りにたっぷりと布地を使ったウェディングドレスでは座れそうにないことに気づく。女性用の椅子ではないのだ。

――でも、初夜のための寝室に椅子が置かれているのは不思議議ね。それも、あんなところに四脚並べておくだなんて。テーブルもなく、椅子だけ置いたところで使いみちはなさそうなものだけれど……

棚もなければテーブルもない。ここは、寝るためだけの部屋なのだということを強調しておきながら、理由のわからない四脚の椅子を並べるとは、コーデリアが首を傾げるのも当然だ。

「！　そうだわ、棚といえば！」

朝からハンナを働かせた結果、手に入れたアレを、コーデリアは慌てて胸元から取り出した。ほかに隠すところもなかったため、コルセットにぐいぐいと押し込んで持ってきたのである。

取り出したのは、太めの絵筆。毛はやわらかく、ふさふさとしている。ほんとうならば刷毛《はけ》を用意したいところだったが、急なことで代わりになりそうなものは絵筆くらいとのことだった。

――もしかして、陛下もお持ちになるかもしれないから、不要だったら気づかれないように……。どこに隠すべきだろう。

再度見回したところで、突然棚が現れるわけもなく、コーデリアは立ち尽くすばかりだ。仕方がない。大きな枕をそっと持ち上げ、その下に絵筆を忍ばせる。

これなら、必要なときがきても、寝台から下りることなく絵筆を手にすることができそうだ。

ほっとひと安心したとき、寝室の扉がノックもなしに開かれた。驚いたコーデリアは、反射的に振り返る。ヒューバートの性格を考えると、ノックをして室内に入るくらいの配慮はありそうだが――

「……えっ……？」

無言で、男性たちが寝室に入ってくる。何が起こったのかわからず、ただ呆然《ぼうぜん》とするコーデリアをよそに、厳しい表情の大司祭ローレンスを筆頭にして、司祭ジョエル、エランゼ王国に到着したコーデリアを迎えてくれた大臣のひとり、そして挨拶を交わしたことのある王族の壮年男性が壁際の椅子の前に横並びになった。

「あの、皆さま、どうかなされたのでしょうか……？」

返事はない。

それから、少し遅れてやっとヒューバートが姿を現した。花婿を目にしたコーデリアは、慌てて彼に駆け寄る。

「陛下、何が――」

「これより新婚の儀を執り行う」

だが、ヒューバートはこちらに目を向けぬまま、よく響く声で告げた。

――新婚の……儀……？

つまりは初夜の意味だろう。それはわかるけれど、なにゆえ四人もの男性が同室しているのかはかりかね、コーデリアはぱちぱちと目を瞬《しばた》かせた。

「新郎ヒューバート・フェイ・エランゼ、新婦コーデリア・リナリー・ステーリア・エランゼ。

立会人は――」

続く大司祭たちの名に、背筋がぞくりと凍りつく。

立会人――

彼らは、無作法で新婚夫婦の寝室へ侵入してきたわけではなく、今宵《こよい》の儀式に立ち会うためにやってきたのだ。

まさかと思う気持ちと、一国の王に嫁いだからには仕方があるまいと諦める気持ちが、コーデリアの胸でせめぎ合う。

そういえば、と思い出す。

歴史を学んでいた際に、母が様子を見に来たことがあった。家庭教師の女性は、ひどく緊張していたように記憶している。

――あのとき、先生が仰っていたわ。かつて、大陸を支配していたユーグ帝国では……

『ユーグ帝国では、女性の不貞は死に値しました。特に王侯貴族の結婚にあたり、新婦は純潔を証明する必要があったのです。結婚当夜には、新婚夫婦の寝室に教会から立会人が派遣され、新婦の純潔を確認することが義務づけられていました――』

当時の家庭教師の声が、脳裏に蘇《よみがえ》った。ただ、その直後に母が「先生、コーデリアにはそういったお話は結構です。この娘《こ》は、間違いなく純潔なのですから、耳を穢《けが》すような情報を与えないでくださいな」と話を遮ったので、具体的なことは知らない。

覚えているのは、不貞が死罪であるということ。

そして、初夜に立会人がついて、新婦の純潔を証明すること。

まさに、今の自分を取り巻く状況そのものではないか。

「コーデリア、だいじょうぶだ。あなたは、何も心配せず、私にすべてをあずけておくれ」

ヒューバートが、大きな手で背を撫でてくる。彼の声は優しく、そのまなざしはコーデリアを思いやる気持ちが満ちているというのに、わななく唇は言葉を紡ぐこともままならない。

「わ、わたしは純潔です。このような証明の場は不要で……」

せめて、自分の口で訴えたかった。疑われるだなんて、心外である。ステーリアの王女は、婚前にふしだらなことをすると思われているのだろうか。

「……これは王室の秘されたしきたりで、拒絶は許されない」

夜のバルコニーで会ったときの優しい『ヒューバート』とは違う、エランゼ国王としての厳しい側面を表情ににじませ、彼はコーデリアの背を押した。

「あなたには、前もって知らせなかったことを、恨まれても仕方あるまいな。このしきたりは、先ほども申したとおり秘されたものだ。婚前に、エランゼ王族でないコーデリアに告げることはできなかった」

促されるまま、寝台へ一歩、また一歩と近づいていく。逃げ場はどこにもないのだと、すべての状況が物語っていた。

「ですが……そんな、いくらなんでもこんなこと………」

か細い声が震えている。心臓も小刻みに痙攣《けいれん》しているような気がしてくる。全身が、ぞわりと粟立《あわだ》つ感覚に、コーデリアは泣き出してしまいそうだった。

あまりの衝撃に、自分がどちらに傷ついているのかもわからなくなってくる。立会人の前で初夜の営みを行わねばならぬことなのか、それとも証明をしなければ己の純潔を信じてもらえぬことなのか。

——どちらもいやだわ。人前で服を脱げだなんて、野蛮にも程がある。それに、わたしの純潔を疑うということは、ステーリア王家を疑うも同然だというのに……！

じわりと浮かんだ涙が、眦《まなじり》にたまっていく。

——いやだ。こんなの、こんなのってあんまりよ。わたしは、こんな辱《はずかし》めを受けるために嫁いできたわけではないわ。

けれど、寝室には黙して語らぬ立会人が四名と、ヒューバート、それに自分しかいないのだ。男性五名を相手に大立ち回りを演じて逃げ出すなど、到底不可能だということは火を見るより明らかである。

透明な涙が、ぽろりとこぼれた。

生まれ育った国から離れ、顔も知らぬ王のもとへ嫁いできた。覚悟はできていたつもりだった。どんな状況になっても、前を向いて明るく生きていこうと決めていた。そのすべてが、自分の甘さを浮き彫りにする。

国が違うということは、文化が違うということに尽きるのだ。それでなくとも、自国内での婚姻についても、コーデリアは詳細を知らない。母は、娘たちに性にまつわることや恋愛にまつわることを近づけぬよう、十重二十重《とえはたえ》に囲い込んで大切に大切に育ててくれたのだから——

それでも、泣いている自分が悔しいと思う余地が残っていた。こんな理不尽な羞恥の檻《おり》に閉じ込められ、誰のことも信じられない気持ちになりながら、コーデリアは己の誇りを捨てられずにいる。そんな自分が惨《みじ》めでもあり、滑稽でもある。

——わたしは、ここで生きていく。この国で、このひとたちに囲まれて。

指南書の最初のページには、全裸の男女の絵があった。つまり、夜の行為は一糸まとわぬ姿で営むものなのだろう。その様子を、立会人たちに見られ、これから先、どんな顔をして王妃の座に着いていられるか。

「——……すまない」

隣に立つヒューバートが、先ほどまでとは違う小さな小さな声で話しかけてきた。ふたりのための言葉を、ふたりにだけわかる言葉で話す、恋人同士のような謝罪だ。

謝らないで、と言えたらよかった。

あなたは悪くない、悪いのは過去の因習であり、その因習を断ち切らなかったことだ。頭ではわかっている。ヒューバートに罪はないのだ、と。

――いいえ、行動が伴わないのなら、わかっていないということだわ。心からそう思っていれば、言動は一致する。ならば、心が追いついていなくとも、言葉を口にすることで自分を導くこともできるはず。

コーデリアは、奥歯をきゅっと噛《か》みしめた。小柄で童顔の十七歳の少女は、今朝までステーリア王国の王女という肩書を持って生きてきた。しかし今、彼女は新たな人生の第一歩にさしかかろうとしているのだ。

「謝らないで……くださいませ」

寝台の前で足をとめ、涙に濡れた瞳で彼を見上げる。数時間前、神の御前《みまえ》で共に生きることを誓った相手を。

「わたしが世間知らずだったのです。こうしたしきたりは、きっと各王家に必要なものなのでしょう。……それを、自分の気持ちを優先して拒むような態度をとってしまいました」

受け入れる。まずは言葉だけでも、この事態を承諾する。そのつもりで口にしたことだったが、声に出してみると誰よりも自分自身が納得してしまう。

たしかに、自分は世間知らずだ。そして、王族の――ましてや国王の結婚というものを、抽象的にしか想像できていなかった。

――もしも花嫁が純潔でなかった場合、大切な世継ぎが王ではない相手の子かもしれないと疑われる可能性もあるのかもしれない。王の結婚とは、その国の次なる王を求める手段なんですもの。

逆に、花嫁が純潔だった場合でも、政治的な策略や悪意ある噂で、事実に反する悪評を流されることだってありうるのだ。

「コーデリア……」

ヴェール越しに、彼がらしくもない弱り顔をするのを見て、コーデリアは精一杯の笑顔を作る。

「……ですから、わたし、がんばります。きっと至らないところも多いかと思いますが、どうぞご指南くださいませ」

まだ涙は乾かないが、自分のすべきことから逃げようとする弱い気持ちはなくなった。

「私の花嫁は、勇敢だな」

くしゃっと笑ったヒューバートは、もういつものバルコニーで会う彼だ。彼も彼なりに緊張していたのかと思うと、自分だけが被害者のように振る舞ったことが恥ずかしい。

互いに助け合っていかなくては——もう、ふたりは夫婦なのだから。

コーデリアは、彼の前に膝をついた。

何も言わずとも、ヒューバートはその意味をわかってくれる。そう信じて、睫毛を伏せた。

赤い天鵞絨《ベルベット》の絨毯を敷いた床に、純白のドレスの裾が広がる。美しく、穢れなき白。

彼もまた、何も言わずに両手でコーデリアのヴェールをはずす。今日一日、世界と自分を隔離していたレースが取り払われると、今度こそはっきりとすべてを認識できる。

「――……では、始めよう」

「はい、陛下」

そして、コーデリアは夫の手でドレスを脱がされていく。

大きな手が、長い指が、うなじをかすめる。背中のリボンをほどき、ボタンをはずす指先に、今にも脚が震えだしそうだった。

――だいじょうぶ、着替えと同じだと思えばいいのよ。目を閉じていれば、普段となんら変わらないわ。

生まれながらの王女は、自分で着替えをしたことがない。高貴な身分の女性にとっては、ごく当たり前のことだった。

だが、どうしてだろう。

ヒューバートの指は、どの侍女の指とも違っている。時折、肌をかすめるだけで、ぴくっと肩が揺らぐのを止められない。しかも、そのたび体が火照っていく。ひどく喉が渇いて、コーデリアは両手を胸の前でぎゅっと握りしめた。

すでにドレスは床に落ち、幾重にもなったパニエが剥《は》ぎ取《と》られている。肩や腕、太腿《ふともも》が夜の空気に撫でられて、自分がこの上なく無防備な格好をしていると、否が応でも自覚してしまう。

「コーデリア、寝台に腰を下ろしてくれ」

「……は、はい」

はっとして目を開けると、彼の肩越しに司祭のジョエルと目が合った。

「っっ……！」

思わず顔を背けてしまったが、相手が気分を害するのではないかと考える余裕もない。四人の立会人のなかで、ジョエルだけが突出して若く、さらにはヒューバートの友人である点もつらかった。

「――コーデリア？」

顔を横に向けたまま硬直した自分に、ヒューバートが優しく呼びかけてくる。

心配そうな瞳に、何も返事ができない。コーデリアは無言で目を伏せると、寝台に腰を下ろした。

肩をそっと抱きよせる、彼の逞しい腕。いつの間に、ヒューバートはフロックコートを脱いだのだろう。銀糸の刺繍をたっぷりと施した中着が、肩口にこすれる。

「震えているな。――怖いか？」

結い上げた髪に唇を押し当て、彼が低い声で尋ねてきた。

「……いえ」

心と裏腹な言葉を口にし、コーデリアはきゅっと唇を噛む。

怖くないはずはなかった。

それでなくとも初めての夜だ。不安と緊張でおかしくなりそうだというのに、立会人までついていては、恐怖を感じるのも当然だろう。

――いけないわ。すぐに弱気になったりして。わたしは、王妃としてのつとめを果たすと決めたのだから。

白い両腕を、おそるおそるヒューバートの背中にまわす。彼を受け入れる心づもりがあることを伝えたかった。

ゆっくりと、ふたりの体が寝台に倒れ込む。あっと思ったときには、コーデリアの頭は枕のうえに収まっていた。髪を高く結い上げたままで横になるなんて、普段なら絶対にありえない。だが、やわらかな枕のおかげか、髪飾りやピンが痛いということもなく、そうこうしているうちに、ヒューバートが上掛けを引き上げた。下着姿のコーデリアを、慮《おもんぱか》ってくれたのかもしれない。

「目を……閉じてもらえるだろうか」

右腕を寝台につき、自身の体を支えた彼は、左手で撫でつけた髪をくしゃくしゃと崩した。

「はい、陛下」

逞しい胸に手のひらを添え、彼と目を合わせてから、コーデリアはまぶたを下ろす。

寝室での作法は、まだわからないことだらけだ。それでも、目を閉じる理由は想像がついた。今まで、誰とも交わしたことのないキスを――唇と唇を重ねる、愛しあうふたりのキスをするためだろう。

目を閉じると、自分の心音が耳のすぐ近くで聞こえる気がする。そのくらい、鼓動が高鳴っている。ヒューバートにも聞こえてしまうのではないかと、コーデリアは心のなかで「静まれ、静まって」と繰り返した。

不意に、額に何かがかすめる。枕の下にこっそり忍ばせた絵筆のような感触だ。なんだろうと思っていたところに、唇が塞がれた。

「…………っ……」

鍛え上げられた彼の体の印象とは反対に、唇は頼りないほどやわらかい。あるいは、自分の唇もヒューバートに同じようなやわらかさを伝えているのかと思うと、胸の鼓動はいっそう加速していく。

重ねているのは唇だけだというのに、心臓がぎゅうっと収縮するような痛みを覚えた。息もできないほど、心のすべてが一箇所に集まっていく。

――どうしてこんな気持ちになるの……？

いったん離れた唇に、コーデリアは寂しさを覚えて目を開ける。すると、慈愛に満ちたまなざしを向けてくれるヒューバートと視線が交わった。

眉根を寄せたままで、彼が口元に薄く笑みを浮かべる。今まで見たことのない、表情。そして、生まれて初めて感じる、愛しさ、せつなさ、やるせなさ、もどかしさ。

「陛下……」

胸に当てていた手のひらに、ヒューバートの鼓動が伝わってきた。自分と同じ、躍動する心音が嬉しい。年上の彼もまた、唇を重ねることに興奮してくれているのだ。

「――……もう一度、いいだろうか？」

かすれた声は、艶《つや》めいている。興奮の熱が、彼の声を嗄《か》らしているのかもしれないと思うと、コーデリアは無意識のうちに首肯していた。

今度は、目を閉じる暇もなく性急に唇が奪われる。先ほど、額に感じたくすぐったさが、彼の前髪のせいだとわかった。

「ん……っ……、ん、ぅ……」

上唇と下唇の間に、ヒューバートの上唇が入り込んでいる。きちんと口を閉じておかなければ――そう思った刹那、彼がコーデリアの下唇を甘く噛んだ。

「っっ……！　ん、ぁ、何……っ」

寝台のうえで、反射的に体が逃げを打つ。しかし、逃げる先などどこにもない。枕のほうへずり上がるようにし、コーデリアは身を逃そうとする。

「怖がらなくていい。これが、夫婦のくちづけだ」

「ゃ……、ん、んん……っ」

またしても、口を閉じることもできずに三度目のキス。ところが、一度目とも二度目とも違って、唇を重ねるだけでなく彼の舌が口腔《こうこう》に入り込んできた。

「っ……!?　ん、んん……！　ん、ぅっ……」

じたばたと体を捩《よじ》るけれど、抱きすくめられた体はいっそう密着するばかり。それどころか、ヒューバートの舌が歯列の裏をなぞると、腰の奥が覚えのない感覚に疼《うず》いた。

――何……？　わたしの体は、どうなっているの……？

おとなしく彼にゆだねると、さらに深まったキスで心の奥までかき乱される。舌と舌が淫靡《いんび》に絡まり、逃れようと逃げればくちづけは激しさを増していく。

次第に、お互いの境界線が曖昧になっていくような錯覚に陥る。力の入らない指先は、ヒューバートの白いシャツにすがるように爪を立てた。ふたつの唇の間で、淫猥《いんわい》な水音が響く。

――このまま、食べられてしまいそう。

硬い胸板が、いつの間にかコーデリアの体を寝台に押しつけるようにのしかかってきていた。吐息と情熱的なキスに、頭がくらくらしてくる。そのとき、すうっと胸元の締めつけが緩んだ。

「……っ……、あ、待っ……」

「待ってばかりもいられんな。そろそろ、唇以外も味わわせてもらおう」

コルセットの締め紐《ひも》がほどかれて、上半身は肌に張りつく下着のみになってしまう。薄く上質なシルクの布越しに、ヒューバートの手が輪郭をなぞる。指先が、すうっと肌をかすめるように、最初は優しく、じきに手のひらまで使ってコーデリアを確かめていく。

「へ……陛下………」

涙目で彼の名を呼ぶと、夫となったひとは小さく頷《うなず》いた。薄く開いた口のなかで、舌がちらりと蠢《うごめ》く。そのふとした動きに、つい先ほどまでのキスを想起して、全身が甘く蕩《とろ》けそうになった。

「あなたの体は、赤子のようにやわらかい。皮膚が薄くて、少しこすっただけでも痕がついてしまいそうだ。こうして――」

左腕をつかまれ、二の腕に軽く歯を立てられる。ちりっと一瞬だけ、痛みが走った。直後、ヒューバートは顔を上げ、くちづけていた肌を見下ろす。

「何を……?」

自分でも、その部分を確認すると、白肌にほんのりと赤く血が寄っている。痛みはない。ただ、くちづけられた痕跡があるだけだった。

「もっと、コーデリアを教えてくれ。あなたの敏感なところを知りたい。――いいか?」

返事をするより先に、彼の手が胸元を弄《まさぐ》る。下着がはだけられ、ふっくらとかわいらしいふたつの膨らみが夜気に触れた。

「や、ぁ……!」

腕で隠そうとしたところを、先に手首をつかまれてしまう。しかも、ヒューバートは軽々とコーデリアの両手を頭上に固定した。腕を上げたため、両胸が強調される。真上から見下ろす彼がせつなげにため息を漏らし――

「っっ……!?　あ、ゃ、やだ、っ……」

突然のことに、何が起こったかもわからなくなる。

ヒューバートが胸元に顔を埋めた次の瞬間、左胸の中心にあたたかなものが触れた。とろりと濡れて、弾力性があり、それでいていやらしく蠢《うごめ》く――彼の舌だと理解するまで、数秒を要した。

「だ、駄目、駄目です、そんな……っ」

「なぜだ？　とても愛らしい。いっそ、食べてしまいたいくらいに、コーデリアの体はどこもかしこもかわいらしいではないか」

舌の動きに導かれ、胸の頂《いただき》がきゅうっと凝っていく。腰をくねらせて抗《あらが》っても、両手の自由を奪われていては淫らなダンスを踊るばかりだ。

――そんなところを舐《な》めるだなんて、夫婦になったら皆がしているというの……!?

赤子に乳をやる以外、膨らんだ胸の用途など知らないコーデリアは、舐められるたびに敏感になる体を持て余す。

これ以上ないほど充血し、小さな突起が硬くなったそのとき、今度はヒューバートが唇をすぼめて吸いついてきた。

「あ……、吸うなんて、そ……んな……っ」

ちゅ、ちゅうっと音を立てて吸われると、心が一点に絞り込まれていく気がする。唇の感触と、刺激されるたびいっそう高まる快楽に、コーデリアの腰の揺らぎが大きくなる。

――いや……！　こんな格好で、なんてはしたないことをしているの？　わたし、いったいどうなってしまうの⁉

フリルのたっぷりとついた布地が揺れる。気づけば、両手は自由になっていた。しかし、コーデリアは敷布をきつく握り、全身を駆け巡る初めての快感に耐えるばかり。

「こちらばかりでは、贔屓《ひいき》になってしまうな」

言い訳するような声音で、ヒューバートは反対の胸にも同じく唇を寄せた。先ほどまで彼にしゃぶられ、舐《ねぶ》られていた胸の先端が、唾液に濡れている。空気に触れると、そこからじんと、もどかしさがこみ上げた。

もっと、彼に触れられたい。

もっともっと、彼を感じたい。

乱れる自分を恥じながらも、本能は与えられた佚楽《いつらく》を貪欲に感受する。現に、敷布にしどけなく横たわる体は、全身がぽっと赤く染まってきている。ヒューバートがくちづけたところだけではなく、体中が彼に愛されたような――愛されたいと願っているような、信じられない感覚だ。

すでに、立会人のことを考える余裕など、コーデリアには残っていない。声をこらえることもできず、断続的に高く細い嬌声《きょうせい》を漏らす。あえげどもあえげども、ヒューバートの愛撫《あいぶ》は終わりを知らない。

――このままだと、おかしくなってしまう。こんなに気持ちがいいことだなんて、誰も教えてくれなかったわ。夫婦になるということは、毎夜こうして愛されることなの……？

そのころになると、下腹部にこもった熱は、体の奥から甘い蜜となって滴りはじめていた。下着が濡れる理由もわからず、コーデリアは浅い呼吸の下、ヒューバートを涙目で見上げる。

上気した頬と、薄く開いた口。そして、口では駄目と言いながら、彼を求めてはしたなく震えるつま先――

「ああ、そんないやらしい顔もできるのか。コーデリア、あなたはいたいけな少女だと思っていたけれど、もうじゅうぶんに女だったのだな」

「し、知りませ……、そんな、あっ……」

子どものようにいやいやと首を左右に振ると、その動きに合わせて胸の膨らみが揺れる。つんと屹立《きつりつ》した胸の先に、ヒューバートが愛《いと》しくてたまらないと言いたげなキスを落とした。

「私が――私だけが知っていればいい。あなたのそんな表情は、ほんとうなら誰にも見せたくないのだ。この胸も、細い腰も、かわいらしい太腿も……」

手のひらで体をなぞられて、コーデリアはまたしてもあられもない声をあげた。

もう、王女らしくする方法さえ考えつかない。寝台のうえでは、王女の仮面が剥《は》がされてしまう。ただの女として、体はヒューバートを受け入れる準備を整えていくのだ。

太腿を撫でていた彼の手が、かすかに躊躇《ためら》った。逡巡《しゅんじゅん》ののち、指先が這《は》い上《あ》がる。脚の付け根へと、下着のなかに触れられて、コーデリアはびくっと腰を浮かせた。

「陛下、そこは……っ……」

だが、腰が浮いた瞬間を見逃さず、ヒューバートの手が下着を引き下ろす。最後の砦《とりで》でもあった薄衣《うすぎぬ》を剥《む》かれて、抵抗する間もないままに両足を左右に割られた。

「ああ、駄目、駄目です……、もう……」

臀部《でんぶ》まで滴るほどの蜜に濡れ、コーデリアは両手で顔を覆う。見ないでと願うのに、彼の視線を感じるほど体の内側がひりひりとせつなく疼いた。

「怖がらなくていい。あなたは、ここもとても美しくできている……」

うっとりと熱に浮かされたようなヒューバートの声に、蜜口がきゅうっと引き絞られる。今まで、自分の体にこのような機能があることをコーデリアは知らなかった。粗相《そそう》でもしたかのように、柔肉はぐっしょりと濡れそぼっている。

「……すまない。ほんとうは、もっと優しくしたかったのだが……」

コーデリアの脚の間に膝立ちしたヒューバートが、上半身を起こした。彼の背にかかっていた上掛けが、寝台の下のほうへずり落ちる。コーデリアは、急にひとりぼっちになった気がして、不安から顔を覆う手をずらした。

天蓋布《てんがいふ》を背に、ヒューバートの前髪は汗でひとすじ、額に張りついている。彼の目に、今まで見たこともない情欲《じょうよく》が揺らいでいた。

「陛下……？」

「――今一度、誓う。これから先、私はあなたを生涯守っていこう」

白いシャツを脱ぎ捨てたヒューバートが、もどかしげにトラウザーズの前をくつろげる。うっすらと汗が光る上半身は、彫像のように美しかった。筋肉の隆起した、男性らしい逞しさ。

――なんて美しいひと。日焼けした肌も、鍛えた肉体も、長い指も、すべてが芸術のよう。

このひとが、わたしの旦那さまなのだわ。

夢見心地で見とれるコーデリアの視線が、ヒューバートの隆起した胸筋から引き締まった腹筋へ下がっていく。彼のすべてを知りたいと思った。体も心も、何もかもを知ることができたなら、良き妻になれる気がしていた。

そして――

大きな手が、トラウザーズからひどく猛《たけ》った何かを取り出す。薄く血管が浮き、日焼けした肌よりまだなお浅黒い、情欲の証。

「え……？　あ、あの、陛下…………？」

根元をぐっと握ったヒューバートが、こちらの脚の間に手のなかのものを押し当ててくる。

「――――っっ、ま、待って、待ってくださ……あっ……！」

押し広げられた柔肉の間《あわい》を、蜜に濡れた劣情がずるりと上に滑った。亀裂の上側に切っ先がこすれると、コーデリアの体は腰を高く浮かせて跳ね上がる。

「ここ……か？」

張りだした亀頭を、ぽちりと膨らんだ花芽にあてがい、ヒューバートが甘い笑みを浮かべた。

「いや……！　そこは駄目です、駄目、だめ……っ」

強すぎる刺激に、我を忘れてコーデリアがあえぐ。だが、あられもない声をあげていては、彼の言うとおり花芽《そこ》が感じると認めるようなものだ。

しとどに濡れた間《あわい》を、太く逞しい雄槍がゆるりゆるりと前後に揺れる。先端が花芽をかすめるたび、コーデリアはびくびくと体を震わせた。

まるで剥《む》き出しの神経を撫でられるような、鋭敏すぎる感覚に、思考さえも散り散りになっていく。ヒューバートの昂《たかぶ》りは、亀頭が大きく張りだしていて、傘の部分を花芽に引っかけて動かされると、それだけで狂ってしまいそうだ。

「ぁ……あぁ、あ、もぅ……っ……！」

膝がかくがくと震え、敷布に食い込む指は力を入れすぎて関節が白くなっている。嬌声に渇く唇がわななくと、ヒューバートが強くコーデリアを抱きしめた。

「私は、とても気持ちがいい。コーデリア……、あなたの華奢《きゃしゃ》な体に無理をさせてすまない。だが――」

広い胸にコーデリアを掻《か》き抱《いだ》き、彼は腰の動きを速めていく。

「受け入れてもらわねばならん」

今一度、劣情の根元を握った彼は、寝台についた膝に力を込めた。何が起こっているかわからず、うつろな瞳でヒューバートを見つめていると――

「……っ、ひ……っ！　い、痛……っ‼」

濡れに濡れた亀裂の中心に、彼が何かを突き立てようとしてくる。何か、が、その手に握られた部分であることはすぐ想像ができたが、杭《くい》を打たれるような衝撃に、コーデリアは悲鳴をあげた。

「いや、ぁ、ああっ……、怖い……っ！」

ぐうっ、と体にめりこんでくるヒューバートの情慾、それを押し返そうと収斂《しゅうれん》するコーデリアの蜜口。腰の奥の空洞が、ひどく狭まった。

――どうしてこんなことを？　痛い、痛くて恐ろしくて、耐えられない……

だが、頭のどこかで声がする。結婚とは、夫婦とは、こうしてつながりあうことなのではないだろうか、と。

彼を受け入れようと決めたはずだった。立会人の前で初夜を済ませることも、必死に許容してきた。

「……く……っ……、狭い、な……」

せつない吐息混じりに、ヒューバートが額の汗を手の甲で拭う。細められた目は、彼もまた苦しんでいるように見えた。

――これが、陛下との結婚なのだから……。

痛みに萎縮する体を、コーデリアは意思の力で抑え込む。震える右手を敷布から引《ひ》き剥《は》がし、おずおずとヒューバートに伸ばした。

「申し訳ありませ……。わ、わたしのせいで、陛下におつらい思いを……」

彼の胸に触れるまえに、ヒューバートが手を握り返してくれた。貧血寸前の冷たい指に、興奮のせいか熱い彼の手が心地よい。

「いや、あなたのせいではないよ。謝ることは――」

「気遣ってくださらなくともいいのです、陛下。どうぞ、お好きにしてくださいませ。わたしはあなたの妻なのですから……」

弱々しく微笑みかけたコーデリアを見て、ヒューバートは、一瞬天を仰いだ。眉根をきつく寄せた彼が、大きく息を吐く。

痛みを覚悟して目を閉じたとき、唐突にヒューバートの重みが失われた。

「陛下……？」

上掛けをそっとコーデリアにかけ、彼は寝台を下りる。そばにあったフロックコートを、裸の肩に羽織った姿だ。

──どうされたのかしら。もしや、もうわたしに見切りをつけて……？

須臾《しゅゆ》のうちに、背筋を冷たいものが駆け抜ける。好きにしてと言ったことが、淑女らしからぬ振る舞いだったかもしれない、あるいは、もっと協力的な態度をとるべきだったのかもしれない。

コーデリアは、半泣きで身を起こそうとしたけれど、それより早く、立会人たちに向き直ったヒューバートが話し始めた。

「立会いの皆、見てのとおり、我が妻は華奢で小柄な女性である。対して、私はこの体躯《たいく》。妻が苦しんでいることは、皆もおわかりかと思う」

大司祭は無表情のまま、残る三人を代表するように頷いた。

「なにぶん、どちらも夫婦となり初めての行為だ。急《せ》いて妻を苦しめることは、私としても望まぬ。今宵はここまでとし、日を改めて儀を行うこととする。よいな？」

問いかけてはいるものの、ヒューバートの有無を言わせぬ口調に、立会人たちが四人それぞれ了承した。

「遅くまでご苦労であった。皆、今宵はゆっくり休め」

来たときと同様に、大司祭ローレンスを先頭として彼らは部屋を出て行く。途中、ジョエルとヒューバートが何か目配せをしていたようにも見えたが、あまりに呆気《あっけ》なく、そしてあまりに唐突すぎる結末に、コーデリアは何もできず上掛けのはしを握りしめていた。

扉が閉まって、ひと呼吸。

ヒューバートが、背を向けたままトラウザーズを整えるのが、後ろ姿でわかった。つまりは先刻、立会人たちに向かっていたとき、彼は大変な格好だったことになる。

コーデリアにすれば、たとえ自分の側仕えの侍女の前であろうと悩ましい格好に思えるが、男性同士は気にならないものなのだろうか。

――陛下はその二つ名のとおり、歴戦の騎士王なのだから、戦場に出るときなどは肌をさらすことにも慣れていらっしゃるのかしら……？

無論、戦場の悲喜《ひき》交交《こもごも》を知らないコーデリアは、屈強な男たちが裸同然の格好で肩を組む姿を想像して、なんとなく気恥ずかしさに頬を叩《たた》いた。

「いろいろと、無理を言ってすまなかったな、コーデリア」

こちらに向き直ったヒューバートが、寝台の近くまで歩み寄ってくる。

夫である王が立っているのに、自分だけが横たわっているとはなんたることか。コーデリアは慌てて体を起こした。

「そのままでいい。もう――い、痛みは平気なのか？」

なぜか、うっすらと頬を赤く染め、彼は目をそらして尋ねる。起き上がったときに、上掛けが腰あたりまで落ちていたらしい。それを再度、胸まで引っ張り上げる。

「陛下、今夜は……ほんとうに申し訳ありませんでした。わたしが至らぬせいで、滞りなく儀式を終えることができず……………」

頭を下げると、じんわりと涙が浮かんできた。不甲斐《ふがい》なさに奥歯を噛みしめる。

するとと、ぽんぽんと頭を撫でられて、驚きにコーデリアは顔を上げた。

「あなたは何も悪くない。初めてのことで戸惑いも不安もあるだろうに、立会人のもとであのような行為に臨んで、失敗しないほうが豪胆というもの」

「ですが――」

「今夜はこれでいい。怖かっただろう？　眠るまで、そばにいさせてほしいのだが、いやか？」

優しく微笑みかけられて、考えるより先にコーデリアは首を横に振っていた。

「いやだなんて……。おそばにいさせてくださいませ、陛下」

「ふむ。最初はおてんばな王女かと思ったが、コーデリアはずいぶんと真面目なのだな。夫婦となったからには、私のことはヒューとでも呼んでくれ。古くからの友人は、たいていそう呼ぶのだ」

羽織っていたフロックコートを脱ぎ捨てると、寝台を軋《きし》ませてヒューバートが隣に滑り込んでくる。

乱れた下着を思い出し、コーデリアは慌てて肩紐《かたひも》を引き上げた。

「恐れながら、十九歳も年上の旦那さまをそのように呼ぶなど困難にございます」

おてんば扱いされたことはさておき、愛称で呼ぶのは辞退する。もとより、侍女相手にも敬語のコーデリアだ。礼儀正しさは彼女の美点のひとつでもある。

「ほう？　ずいぶんと年寄り扱いされたものだな。たしかに、私はあなたよりずっと大人だが、同時にあなたの夫でもある。夫婦となったからには、親しくあるべきと思わないか？」

「それは仰るとおりですね……」

優しく肩を抱き寄せられて、コーデリアは真剣に悩む。

──お母さまは、お父さまのことをいつも陛下とお呼びになっていらっしゃった。だから、それに倣《なら》ったつもりだったけれど……

しかし、よくよく考えてみると、コーデリアは両親がふたりきりでいるとき、どのように呼び合っていたのかを知る由もない。賢妃と呼ばれた母も、夫とふたりでいるときは言葉遣いや態度が違っていたのだろうか。

「──ヒュー？」

小さな声で呼んでみると、胸の奥がきゅうっと窄《すぼ》まるような気がした。

ヒューバートという名前自体は、大陸内でもそう珍しいものではない。だが、どこかの誰かの名ではなく、自分の夫の名だと思うと、口に出すだけで心がじわりとあたたかくなる。そして、同じ強さでせつなさもこみ上げる。

「……思っていたより、呼ばれるほうも緊張するものだな」

彼は右手で鼻から下を覆っていた。目尻がほんのり赤くなっていることから、赤面を隠しているようだ。

——大人の男のひとなのに、わたしに愛称を呼ばれるだけでこんなに照れてしまうの？　つい先ほどまで、もっと恥ずかしいことを彼主体で行っていた。それを考えると、ヒューと呼びかけるだけでなんたる反応か、とこちらまで頬が熱くなる。

「いかん、これはまずい！」

横たわってそれほど経《た》っていないというのに、ヒューバートは勢いよく寝台から起き上がった。その足で床に立つと、投げ捨てたフロックコートを再度羽織る。

「ヒュー、どうしたのですか？」

「いや、何、体を清めてから眠るほうがよかろう？　私は、浴槽の準備を頼んでくる。コーデリアはそこで休んでいてくれ」

前髪をかき上げ、彼は肩をすくめて笑って見せた。

「それに、せっかくの長い夜だ。笛でも持ってこよう。あなたは私の笛の音を気に入ってくれていた。違うか？」

「いえ、とてもすてきな音だと思います」

無言で頷き、ヒューバートが寝室を出て行く。

残されたコーデリアは、枕の下から絵筆を取り出した。

「………結局、これは使わなかったけれど、受粉はどうやってするものなのかしら……？」

十七歳の花嫁は、未《いま》だ男性を知らぬまま、結婚初夜は更けていく――

§　§　§

結婚式から、三日が過ぎた。

美しい自然に囲まれたアエリア宮殿の、ひときわ高い尖塔《せんとう》の足元にある中庭で、コーデリアが午後のティータイムを堪能《たんのう》していたときのこと。

回廊を、列をなした城の騎士団団員たちが歩いていく。見れば、そのなかにはステーリアからエランゼへの長旅で、護衛をしてくれた騎士もいるようだ。

――騎士たちは、皆勤勉ね。それに比べてわたしときたら……

湯気の立ち上る紅茶のカップを前に、コーデリアは長い長い溜息《ためいき》を漏らす。

あの夜――結婚当夜の失敗から、コーデリアは次こそヒューバートと受粉を成立させるべく、母から贈られた指南書を熟読していた。しかし、最初のページに男女の裸体が描かれている以外、いくらページをめくっても、とある果実の受粉についての内容しか書かれていない。

これではいけないと一念発起したコーデリアは、今日の午前中に宮殿内の図書資料室を訪れた。司書を務める女性は、嫁いできた若き王妃がエランゼ王国の歴史を学ぼうとしていると勘違いし、読書机に山ほど書物を運んできた。それだけに留《とど》まらず、司書は「わたくしも歴史を勉強していたことがあるのです。よろしければ、王妃さまに王国の成り立ちから今に至るまでの出来事を系統立ててご説明することも可能ですが……」と言ってくれる。

彼女の好意を無下に断るわけにもいかず、午前中いっぱいを図書資料室で過ごす羽目になった。

ひっつめ髪に雀斑《そばかす》の司書は、名をターニャと名乗った。年の頃は、二十五、六。歴史を語る彼女の瞳はきらきらと輝いていた。説明はわかりやすく、ところどころ、コーデリアが興味を持ちそうな話題を散りばめて話す。

ひと段落ついたとき、ターニャはぽつぽつと自分のことを語り始めた。

「……わたくしの名、珍しいとは思いませんか？」

「ええ、初めて耳にするお名前です。ターニャのご両親は、もしやどちらかの国からエランゼへ移住してらしたのですか？」

無邪気にそう聞くと、彼女は目を伏せて首を横に振る。

「いいえ、王妃さま。わたくしの両親は、移民ではなく奴隷でした」

「奴隷……？」

「もとは、海の向こうのカターシアという大陸に暮らしていたそうです。戦で国は滅び、戦勝国によって両親はエランゼへ売られてきたと聞いています」

ティレディア大陸でも、かつては奴隷制度があった。つい先ほど、ターニャが教えてくれたばかりだ。

けれど、コーデリアの生まれ育ったステーリアは、国民のほとんどが農作業に従事している。それればかりか、貴族たちも領民と一緒に果樹の世話をするほどだ。突出して裕福な国ではないが、かといって食べるものに困る民が多くいるわけでもない。そして、ステーリア王国には昔から奴隷制度がなかった。

「両親は、エランゼへやってきたとき、見知らぬ野蛮な国だと怯《おび》えていたそうです。しかし、時の国王陛下――ヒューバート陛下のお父上は、相手側の言い値で奴隷をすべて買い取り、エランゼの国民として仕事を与えました」

「まあ！　それはすばらしいことですね」

「はい、ほんとうに前陛下のおかげです。しかし、それでも当初、売られてきた奴隷たちはなかなかエランゼの民と打ち解けることもできずにいたそうです。かくいうわたくしも、移民の子、奴隷の子、と揶揄《やゆ》されて育ったものです――」

ターニャは、幼いころからいじめられることが多く、家にこもって本ばかり読んでいる子どもだったという。しかし、あるとき通っていた学校にヒューバートが視察にやってきた。まだ成人したばかりだったヒューバートは、教師たちも見逃しがちなターニャへのいじめに気がついた。そして、教師たちに進言してくれたのだ。

「ヒューバート陛下は、『もしも学校が居づらかったら、宮殿の資料室へ遊びにくるといい』と仰いました。以来十五年、わたくしはここに入り浸っております。今では、先祖代々この地に暮らすひとよりも、エランゼの歴史に詳しいと自負しているのですよ」

「そうだったのですか。大変な時期があったとも知らず――」

「いえいえ！　王妃さまがご存じないのは当たり前のことです。でも、わたくしがこうして司書として働けるのも、ひとえに陛下のおかげです。陛下のご成婚を心よりお喜び申しておりましたところ、王妃さまがこちらにいらしてくださったので、ついつい引き止めてしまいました」

思いがけず、ヒューバートの民を思いやる気持ちに触れた一件だった。そのあとも、ターニャは様々な国内の事件や出来事を絡めて、現在に至るまでの歴史を語ってくれた。

――歴史はとても勉強になったし、この国のことを知る良い機会だった。ターニャは話していると楽しかったし、すてきな出会いだったのは間違いないのだけど……

中庭の四阿《あずまや》で、コーデリアはもう一度ため息をつく。

また図書資料室へいつでもいらしてください、とターニャは言ってくれた。彼女はいつでも資料室にいるそうだ。

親しくなれた喜びと同時に、これではあの資料室で夫婦の営みについて調べることも難しくなったと、コーデリアは頭を抱える。

まだエランゼへ来たばかりとはいえ、少しはわかっていることもあって、そのひとつに「容易に宮殿を出入りはできない」ということがあった。

跳ね橋をいくつか経由して、湖の中央に建つ宮殿へたどり着いたことを思い出すと、こっそり抜け出すことも不可能だろう。

だからといって、ターニャの前で堂々と男女の愛しあう行為について調べるのも気が引ける。あとは、ハンナに気づかれないよう、侍女たちに話を聞く方法が残っている。とはいえ、世間知らずな自分では、隠語の多用される侍女たちの会話を勘違いしかねない。何より、新婚の王妃が侍女たちに閨事について尋ねたりしたら、噂話がたちまち広まってしまうのは目に見えていた。

回廊を歩く騎士たちを見送りながら、コーデリアは考える。

勤勉な騎士たち、働き者の侍女たち、それに親切な図書資料室の司書。誰もが、己の仕事に誇りを持ち、勤め上げるための努力をしている。それと比べて、自分はなんと役立たずか。

――王妃としてのつとめも果たせぬまま、ひとの手を煩わせて、優雅にティータイムだなんて、あまりに怠惰にすぎる。

勉強する方法がないのならば、先日の経験をもとに自主的な復習をすることとて可能だ。だが、あの行為を自分で練習するだなんて、考えるだけで頭から湯気が出そうである。

――問題は、きっとわたしが小柄なことなのだわ。陛下は――ヒューは、仰《おつしや》っていたもの。

でも、今から背を伸ばす方法なんてあるのかしら？

雄しべに該当するらしき、ヒューバートの猛る部位。あれを自分のなかへ入れようとしている途中で、彼は行為を中断した。額に汗していた姿を考えれば、ヒューバートも何かしらの痛みを覚えていたのかもしれない。

——アレをわたしのなかに入れる練習……？

だが、それは神の教えに背く行動ではなかろうか、とコーデリアは再三再四ため息をついた。

「コーデリア！」

唐突に、ヒューバートの声が聞こえてきて、びくっと肩を揺らす。顔を上げて見回せば、回廊から赤いマントを翻《ひるがえ》した彼が手を振っていた。隣には、黒の聖衣を纏《まと》ったジョエルの姿も見える。

ヒューバートが、軽い足取りで駆け寄ってくる。

「陛下、どうなさったのですか？　まあ、汗をかいていらっしゃいますよ。放っておいたらお風邪を……」

刺繍入りのハンカチを手に、コーデリアは夫の額を拭こうと四阿の大理石の椅子から立ち上がった。

——……届かない！

背の高いヒューバートと、背の低いコーデリア。ふたりの身長の差は大きい。

懸命に背伸びをするコーデリアを見つめて、彼は優しく目を細めている。

「気遣い、感謝する。しかし、この程度で風邪をひくほど、私はやわではない。騎士たちとの訓練は、むしろ楽しみのひとつであるからな」

「訓練に参加していらしたのですか？」

そういえば、ヒューバートたちが来るより以前、白の騎士団の団員らしき男性たちが、回廊を歩いていったのを思い出す。

「陛下がご参加くださると、騎士団の士気が上がるのです」

後ろから歩いてきたジョエルが、歌うような口調で言った。だが、騎士たちの訓練になぜ司祭が同行しているのかは謎である。

「いつもながら、おまえに『陛下』と呼ばれるのは、幾分気味が悪いな」

苦笑したヒューバートは、普段あまり口にすることのない二人称をジョエルに向けた。初めてジョエルに会ったときに、彼らが幼なじみだということは聞いていたけれど、こうしてふたり揃《そろ》って話している姿を見るのは珍しい。

「何を言う。オレは公私を使い分けているだけさ。おまえの脳が筋肉でできているからって、他人もそうだと思うなよ、ヒュー？」

相好を崩したジョエルが、ふざけた口調で応対する。どちらも三十半ばとは思えぬ、少年同士の友人のような雰囲気があった。

二人称どころか、ジョエルの場合は自身を示す一人称までが、『わたくし』から『オレ』へと変わっている。

鳩《はと》が豆鉄砲を食ったように目を丸くしているコーデリアを見て、若き司祭は穏やかな笑みを浮かべた。

「――と、普段は陛下に対して、このような無粋をしてよく父に叱られております。王妃さま、わたくしが陛下に時折親しげにしてしまうことを、どうぞお許し願います」

おどけているのか、気取っているのか。どちらとも取れず、どちらにも取れる口調で、ジョエルが優雅に一礼する。

「おふたりはとても仲が良いのですね。羨ましいです」

口元に手を添えたコーデリアは、自分も男性に生まれていたらヒューバートと友人になれただろうか、と考える。

たとえば騎士として、たとえば司祭として、あるいは図書館司書として、ヒューバートを支える友人になれるのなら、お飾りの后よりも手助けができるのかもしれない。いや、司書は表立った手伝いはできないだろうが。

「王妃さまも、ぜひ陛下と仲良くなされませ。そうそう、早速ではありますが改めて新婚の儀を執り行わければいけませんね」

「おい、ジョエル！　そんなことは、今ここで言わずともよいだろう！」

突然、そう言われてコーデリアは、ジョエルが立会人のひとりだということを思い出した。忘れていたわけではないけれど、考えないようにしていたのだ。立会人の四人は、宮殿内で顔を合わせることも多い。毎回赤面していては、相手もやりにくかろう。そう思ってのことだった。

「先日は失礼いたしました……。次こそ、成果を出せるよう尽力いたします」

とは言うものの、具体的に何をどう尽力すべきかの緒《いとぐち》がつかめていない。図書資料室以外で、文献を取り扱うところはないものか。

「そ、それはそうとして、コーデリアは午前中、何をしていたのだ？　何かおいしいものでも食べたか？」

強引に話の矛先を変えようとするヒューバートだったが、無理をしすぎているためか、笑顔が引きつっている。それがおかしくて、コーデリアはつい笑いだしてしまった。

「ふふっ、陛下、わたしはそんなに食いしん坊ではありませんよ。午前は、図書資料室で司書のターニャからこの国の歴史について教えてもらっていました」

ほんとうは、もっと違うことを学ぶつもりだったのだが——とは言えない。

すると、それまで涼しい顔をしていたジョエルが、急に身を乗り出してくる。

「資料室へ行かれたのですかっ？」

「は、はい……。何か問題があったでしょうか……？」

思いのほか、相手の食いつきが良すぎて、少々面食らうほどである。ジョエルは、どこか斜に構えた印象があっただけに、図書資料室にこれほど興味があることは驚きだ。

「……いえ、問題はありません。ターニャは元気でしたか？」

「ええ、とても親切にしていただきました。司祭さまはターニャとお知り合いなのですね」

「まあ、そう……なります、かね」

歯切れの悪いジョエルが、かすかに唇を尖《とが》らせる。それを見て、横に立つヒューバートが顔を背けた。何事かと夫の姿を見てみれば、彼はなんとジョエルに背を向けて、笑いをこらえているではないか。

――司祭さまとターニャの間に、何かあったのかしら？

だが、不機嫌そうなジョエルを見るに、尋ねられる雰囲気ではない。

妙な沈黙を息苦しく思ったのか、ジョエルは大きく咳払《せきばら》いをすると、愛想よく会釈して「それではわたくしはこれで失礼いたします」と去っていった。

「――……あの、ヒュー？　わたしは、何かよろしくない話題を出してしまったのでしょうか？」

残されたコーデリアがおそるおそる尋ねると、ヒューバートが笑いながら首を横に振った。

「いや、あなたのせいではない。あいつは、なかなかのひねくれ者でな。ターニャはいい司書だったろう？」

「はい、それはもう」

「ふむ、あなたが国の歴史を学ぼうとしてくれていたとは、私としても嬉しい限り。今後、外交等で協力を仰ぐこともあるかもしれん。よろしく頼むぞ、王妃どの」

ぽんぽんと頭を撫でて、彼もまた中庭をあとにする。

ヒューバートの触れた部分に重なるよう、コーデリアは自分の手を置いてみた。あれは、彼の癖なのだろうか。よく撫でてくれる。不快ではないけれど、子ども扱いのような——

「あっ、いけない。この国では頭を撫《な》でることに、何か特別な意味があるのか調べるのを忘れていたわ！」

今度、ターニャに聞いてみよう。本が好きで歴史が好きな彼女なら、きっとこの国の文化にも詳しいに違いない。


その日の夜、入浴を終えてハンナと部屋に戻ると、既視感を覚える手紙が扉の下に挟まっていた。

「まあ、結婚なさっても陛下は粋《いき》なことをなさるのですね」

前回とは違い、毒が仕込まれているかも——とは侍女も言い出さない。

結婚当夜は、儀式の件もあって特別な寝室で共に眠ったものだが、普段のヒューバートとコーデリアは寝室を別にしている。

ふたりがまだ、真の夫婦になっていないことを、使用人たちは知らないらしい。ハンナをはじめほかの侍女たちは、新婚夫婦がなかなか同じ部屋で眠らないことを心配しているようだった。

——でも、侍女たちは心配しながらも、楽しんでいる様子に見えるところもあるわ。今日も、ハンナに話しかけてきた侍女が「まだお互い恥じらっていらっしゃるのかしら。初々しくてかわいらしい王妃さまですもの」なんて言っていたから……

立会人しか知らないことだが、ふたりはまだ夫婦としての営みをいたしていない。その場合、立会人なしにふたりで夜を過ごすことは禁じられているのだ。

——早く、どうにかして勉強しなくては。そうでないと、いつまでたっても陛下のほんとうの意味での妻にはなれない。

やはり、ここは恥を忍んで侍女たちに聞いてみるのが手っ取り早い。そんなことを考えながらハンナを下がらせると、コーデリアはナイフで封を切る。出てきたのは前回と同じく、便箋が一枚。

『親愛なるコーデリア
今夜、バルコニーにて待つ。
あなたに渡したいものがある。

ヒューバート』

そっけない文面だというのに、初めて手紙をもらったときより『親愛なるコーデリア』という言葉が心に染み入る。

――あのときよりも、わたしたちの距離は近づいたのかもしれない。

ところで、問題はすでにコーデリアが夜着姿であることだ。ガウンを羽織っただけの格好で廊下を歩くのは、淑女としていかがなものか。かといって、下がらせたハンナをまた呼び出すのも気が引ける。

そして、しばらく考え込んだコーデリアは、寝室とは反対側の扉に向かって歩き出す。居室を挟んで一方は寝室、そしてもう一方は衣裳《いしょう》部屋になっているのだ。

普段ならば、ひとりで足を踏み入れることのない衣裳部屋には、まだ袖を通したことのないドレスがぎっしりと並んでいる。

半分ほどは、嫁入りの際に母から贈られたものだ。そして、残りの半分はヒューバートからの贈り物――と聞いているけれど、彼自身が選んだわけではないだろうとコーデリアは思っている。

さて、とコーデリアは仁王立ちしてドレスを眺めた。

着替えをひとりでできない理由は、コルセットの締め紐を結べないことと、背中側にボタンがある場合に留められないことである。ならば、コルセットを着用しなくとも着られそうなドレスで、かつボタンが前身頃についているものを選べば良い。

幸いにして、その条件に合致するドレスはすぐ見つかった。コーデリアの瞳と同じ、すみれ色のドレスだ。

もとよりほっそりとした体型のため、コルセットがなくともたいていのドレスは着られる。問題は胸元が心もとないことだが、それは致し方ない。

——急がなくては。もしかしたらヒューは、もうバルコニーに来ているかもしれない。

コーデリアは、急いで着替えを済ませると、居室に戻って鏡の前で髪を梳《す》く。やわらかな金髪は入浴後でまだ少し湿っていたけれど、下ろしたままでだいじょうぶそうだ。

手燭に灯《あか》りを移し、コーデリアは夜の廊下をバルコニーへと急いだ。廊下の窓から見える空は、一面に星が輝いている。窓から窓へ星座が描かれる美しい廊下を、夫に会うため、コーデリアは小走りで駆けていく。

バルコニーには、予想通りというべきか、すでにヒューバートが待っていた。

「遅くなって申し訳ありません」

息を切らしてやってきたコーデリアを見て、彼が驚いた様子で目を瞠《みは》る。

ややあって、そばまで歩いてきたヒューバートは、視線を合わせるように少しかがんだ。

「それほど急いで来ずともよかったものを。まだ髪が濡れているではないか。外にいたら風邪を引く。私の部屋へ行こう」

「え、あの、ですが……」

夜を共に過ごしてはいけない。

立会人のもと、新婚の儀を終えていないふたりは、暗くなってからの時間の制約があったはずだ。

「では、運ぶぞ」

しかし、ヒューバートはコーデリアの躊躇を物ともせず、またしても軽々と彼女を抱えてしまう。なぜかはわからないが、初めて会ったときからずっと、肩に担ぎ上げる方法だ。

「ヒュー、待って、待ってください。お部屋に行ったことが立会いの皆さまに知られたら、あなたにもお咎《とが》めがあるのでは？」

大股に歩き出した夫に、コーデリアは慌てて告げる。だが、彼は低く笑うだけで「気にするな」と一蹴した。

「そもそも、宮殿のほとんどの者があのしきたりを知らんのだ。夫婦が同じ寝室で過ごすことを禁ずるなど、おかしなことだろう？」

「……たしかに、そうかもしれませんね」

納得できるような、できないような理由ではあるが、ヒューバートと一緒にいたい気持ちがあるコーデリアは、強く否定できない。

そうこうしているうちに、宮殿内にいくつかあるヒューバートの寝室のひとつにたどり着いた。背が高いということは、脚の長さも違うということ。ひいては、歩く速度にまで差が出てくる。

——わたしの脚では、こんなに早く移動はできなかった。だから、ヒューは抱き上げて運んでくれたのね。

荷物のように担がれての移動には、いささか疑問があったけれど、こうして考えると彼なりの優しさに思えてくる。否、優しさだと思いたいのだ。

実際、ヒューバートは優しい。

初めて会ったときから、大国の王であるにもかかわらず相手を威圧するところがなく、年の差を感じさせないほどに気配りも怠らない。屈強な大人の男性であるが、かわいらしい面も持ち合わせている。

——それに、ターニャも助けてもらったと話していたわ。やはり、ヒューは誰からも慕われる王ですもの。

壊れ物を扱うような手つきで、ヒューバートがそっと長椅子に下ろしてくれる。

「ヒュー、ありがとうございます」

「……あなたに風邪をひかせたら、修道院出身の侍女から嫌われてしまいそうだからな」

冗談めいた口調で言って、彼が片頰に笑みを見せた。そして、お決まりの大きな手で頭を撫でてくる。

「質問してもいいでしょうか？」

ターニャに聞こうと思っていたが、直接聞いたほうが早い。コーデリアは、頭のうえに置かれた手を両手でつかんだ。

「ふむ？　答えられることならば」

「こうして、ヒューはよくわたしの頭を撫でてくださいます。エランゼでは、頭を撫でることに、どのような意味があるのですか？」

真剣なまなざしのコーデリアを見つめ、ヒューバートは困惑顔をする。緑色の瞳が細かく揺れ、何かを思案しているようにも見えた。

「すまない、言っている意味がよくわからんのだが、コーデリアは頭を撫でられることが嫌いなのか。だとしたら、知らなかったとはいえ不快なことを何度も申し訳なかった」

「そうではありません。わたしの国では、頭を撫でることは小さな子どもに対してすることで、かわいがる意味があります。もしかしたら、エランゼでは意味が違うのかと――」

なぜなら、コーデリアは子どもではない。ヒューバートの妻であるというのに、子ども扱いされているのかと不安だったのだ。

「……私も、あなたをかわいいと思ったから撫でた。特に、国による違いはないように思うが」

その答えに、コーデリアは「まあ！」と高い声をあげる。

「では、ヒューはわたしを子どもだと思っているのですか？」

「現にコーデリアはまだ十七歳だろう？　私のような年齢の男から見れば、かわいらしいというか、守るべき対象というか……。小さくて愛しい存在には違いない」

三十六歳のヒューバートにすれば、たしかに十七歳は幼く、頼りなく思ってもおかしくない。けれど彼は自分を妻として認めてくれたのだと思っていた。

「お、おい、コーデリア。なぜそこで膨《ふく》れている？」

言われて、初めて自分が頬を膨らませていることに気がつく。子ども扱いされたくないのに、つい子どもっぽい仕草をしてしまった。

「小さいのは、もともとです。子どもだからではありません。それに、ほんとうに私が幼い子どもだったなら、ヒューはそんな子どもを妻に娶《めと》ったということになるのですよ」

「参った。小さいというのは、あなたの可憐さを伝えたかっただけだ。機嫌を直してくれないか？　せっかくふたりでいられるのに、あなたにふくれっ面をされては――」

長椅子の足元に跪《ひざまず》くと、ヒューバートが右手を左胸に当ててこちらを見上げてくる。いつも、彼が自分を見下ろすことが当たり前だったせいか、普段とは違うヒューバートの姿が新鮮だ。

「――……いや、ふくれっ面のあなたも、なかなかかわいらしいものだな」

「か、かわいらしいだなんて、そんな言葉でごまかされません」

じわじわと頬が熱くなる。先ほどまで困り顔だったヒューバートが、楽しげに笑っているというのに、今度はコーデリアのほうが困る番だ。

「遠慮するな。あなたは怒っていても魅力的だ。小さいと言ったのは、子ども扱いしたわけではない。思い出していた、あの夜、あなたを抱きすくめたことを――」

彼が両腕で何かを抱きしめる素振りで、結婚当夜を再現している。そう、あの夜は、逞《たくま》しい腕に抱きしめられた。互いの体が密着し、それまで誰にも触れられたことのないところを弄《まさぐ》られた。

だが、すぐに脳内の甘い妄想を打ち消す。

彼の手をそっとつかみ、コーデリアは唇を尖らせた。

「いくらなんでも、そこまで小さくはないです。まるで子猫を抱っこしているようではありませんか？」

「子猫、か。ふむ、悪くない。私から見れば、あなたは子猫のように小さくて、かわいらしくて、いとけない。だから、抱きしめてぬくもりを感じたくなる。頭だって撫でたくなるというものだ」

嬉しそうなヒューバートを見ていると、べつにコーデリアを子ども扱いしているわけではないと伝わってくる。

「それとも、子猫のようにかわいらしいと言うのは、ステーリアでは無礼にあたるのか？」

「……どうでしょう。別段、礼儀に反しているというほどのことには思いません」

首を傾げ、口元に手を添えて考えながら返答すると、彼はほっとした様子で立ち上がった。

「ならばよかろう。ところでコーデリア、今夜は渡したいものがあると言ったが」

フロックコートの内側に手を入れ、ヒューバートが細長いものをひょいと取り出す。はしにすみれ色のリボンが結ばれたそれは、彼が吹いているのよりひと回り小さい笛だった。

「よかったら、もらってくれ。女性に贈るなら宝石や装飾品のほうがいいと、ジョエルには笑われたのだがな。あなたが私の笛を聞いて喜んでいた顔がたいそう愛らしかった。できれば、いつかふたりで笛を楽しむような夫婦になりたいと思っているのだが、どうだろうか？」

あまりに突然のことで、コーデリアは呆然《ぼうぜん》としていた。彼女はつい先ほどまで子供扱いされることに憤慨していたのだ。それが、彼が魔法のように笛を取り出したところから、状況が一変してしまった。

――わたしと『夫婦になりたい』と、言ってくださった。

結婚式の誓いの言葉よりも、結婚当夜の夫婦のみが営む行為よりも、ヒューバートが自発的に口にしたその言葉が、何よりもコーデリアの心に沁《し》みてくる。

「……コーデリア？」

返事がないことを心配してか、彼が困ったように名前を呼んだ。

「ありがとうございます、ヒュー。わたしは、ほんとうに幸せな花嫁です」

両手を伸ばして、笛を受け取る。少しいびつながらも、丁寧にやすりをかけたと思《おぼ》しき楽器は、コーデリアの手にちょうどいい大きさだった。

「これは……まさか、ヒューが作ってくださったんですか？」

「ああ、いや、あまりうまくはないのだがな。……手作りというほどのものでもない」

ヒューバートは謙遜しているが、手にした笛は一朝一夕で作れるものとも思えない。すみれ色のリボンも、自分のために選んでくれたものだろう。

「嬉しゅうございます……」

王女として育ったコーデリアには、幾人もの職人が彼女のためだけに作ったドレスや装飾品、調度品などが与えられてきた。嫁いだ姉たちも夫となった相手からそうしたさまざまな贈り物をもらっていた。身分の高い女性は一点ものを特に重用する傾向にある。けれど、これほどまで嬉しいプレゼントは初めてだ。

どれほど希少な宝石をあしらった指輪でもかなわない、心のこもった笛。そっと胸に抱きしめると、息もできないほどせつなさがこみ上げてくる。

「ありがとうございます。生涯、大切にいたします。いつか子どもが産まれたら、その子にも笛の音を聞かせてあげられるよう、一生懸命練習いたしますね」

悲しいときに涙が出るのをこらえたことはあったが、嬉しくて涙がにじむのは初めてのことだ。我慢したせいで、鼻が赤くなっているかもしれない。

「ところで、この笛はなんの木で作っているのですか？　形はフルートによく似ていますが……」

泣きそうになっているのを気づかれないよう、コーデリアは明るく問いかける。

「竹《バンブー》という、東洋の植物だ。エランゼは輸出入が昔から盛んでな、もとはこの大陸になかった植物なども植えている。竹というのは、もともと内側が空洞になっているため、笛を作るのに適しているらしい」

「まあ、そうなのですか！　わたし、竹という植物を見たことがありません。宮殿にも生えているなら、一度見てみたいです」

海の向こうには、珍しい植物や動物がいるという話は、子どものころに家庭教師から聞いたことがあった。それに、コーデリアの愛用しているレターボックスも東洋のデザインを模している。

「好奇心旺盛な子猫だ。だが、ひとりで出歩くのは控えてもらいたい。コーデリア、好奇心は猫をも殺すというのを知っているだろうか？」

「はい、存じております。わたしは猫ではありませんけれど、じゅうぶん注意いたしますね」

ふふっと笑うコーデリアが、笛のはしに結ばれたリボンを指先で撫でていると、長椅子の隣にヒューバートが腰を下ろした。

「……ところで、あなたさえ良ければ、練習をしたいと思っているのだが」

彼の手が腰にまわされ、「練習？」と反射的に声が出る。

――ああ、そうだわ。笛の稽古をつけてくださるという意味ね。

コーデリアは彼のそばに身を寄せた。教えてもらうからには、近いほうがいいだろうと思ったからだ。

「はい、お願いいたします。ヒューが先生なら、きっとわたし、すぐ上達すると思います」

両手で笛を構えて見せると、ヒューバートがやけに真剣な表情で、彼女の手からその笛を取り上げる。

「……え？　あの、ヒュー……？」

「すまん。言い方が悪かったのはわかっている。だが——今、あなたとしたいのは笛の練習ではない。夫婦になるための練習をしよう、コーデリア」

彼の指が、顔の横の髪を耳にかける。指先が耳殻にかすめ、その部分がじんと熱くなった。

「あの、でも、そういうことは立会人の方がいらっしゃるところでないといけないと……」

自分から近づくのはなんとも思わなかったのに、いざヒューバートがぐっと近づいてくると腰が引ける。

何より、夜をふたりで過ごすのは、本来ならば立会人のもとでなければいけないのだ。

「心配しなくても、あなたを奪うわけではない。ただ、次の儀式のときに少しでもコーデリアがつらくないよう、あなたを慣らしておきたいだけだ」

彼のその言葉で、コーデリアの頭のなかにあった「どうしよう、絵筆を準備していない」という、少々ずれた問題は解決する。そう、最後までいたすのでなければ、受粉に該当する行為までは行わないのだろう。

「……あなたを泣かせたくない。共に練習をしてはもらえまいか、コーデリア？」

あの夜の、体に直接触れられて舐められて、声を堪《こら》えられなくなる行為をするという意味なのは、もちろんコーデリアにもわかっていた。戸惑う気持ちはある。恥ずかしいと拒みたい気持ちもある。

けれど、コーデリアはかすかに頷《うなず》いた。

ドレスの裾をぎゅっとつかみ、奥歯を噛みしめる。全身が硬直して、肩はいかり、左右の膝はぴったりと密着した状態だ。

「怖かったら、目を閉じて。あなたを怯えさせたくはない」

「……はい」

言われるまま、素直に目を閉じる。すると、筋肉質な両腕がコーデリアを包み込んだ。彼の胸板に顔が押しつけられ、ふたりの鼓動が同時に聞こえてくる。

――ああ、ヒューの鼓動もこんなに速い。わたしと同じように、緊張しているの……？

年上の夫が、優しく背を撫でてくるのを感じながら、コーデリアは指の力を緩めることに尽力した。そして、なんとかドレスから引《ひ》き剥《は》がした両手で、ヒューバートの体に触れてみる。服の上からさわっても、どこもかしこも硬く引き締まった筋肉に覆われているのがわかった。

「キスを……してもいいだろうか？」

それまで、低く力強かったヒューバートの声が、情熱でかすれている。互いの鼓動は、双方がもっと触れあいたいと願っていることを伝播《でんぱ》しているのだ。

「して……ください」

おずおずと顔を上げ、コーデリアは目を閉じた。間髪を容《い》れずに、しっとりと唇が重なってくる。

最初は遠慮がちに、けれど次第に甘やかな動きをみせるヒューバートのキス。触れているのは唇だけだというのに、心臓をきゅうっと絞られるような痛みを感じる。

――唇は、心とつながっているのかしら。だとしたら、今、ヒューも同じ痛みを感じているの？

手探りで、彼の左胸に手を添える。手のひらから伝わる早鐘に酔いしれていると、少し強引な舌先がコーデリアの歯列を割った。

「んっ……！」

濡れたキスに、思わず声が出る。熱を帯びていくのは、いわずもがな唇だけではない。コルセットをつけていない胸元に、かすかな違和感が立ち込める。充血して自己主張を始めた胸の先が、布にこすれてもどかしい。

――胸だけではないわ。ああ、どうして腰の奥がこんなに熱くなってしまうの……？

ふたつの唇が奏でる淫らな蜜音に、心まで乱されていく。何も考えられない。ただ、ヒューバートの舌の動きに心を凝らす。

気づけば、背中が長椅子の座面に触れていた。コーデリアがはっとして目を開けると、のしかかるヒューバートが目元を覆う。

「や……、手をどかしてください……」

彼の顔が見たかった。キスに夢中になる自分を見て、蔑んではいないだろうか。呆《あき》れてはいないだろうか。その表情を見て、確認したかった。

「駄目だ。このまま、おとなしくしていてくれ。あなたの澄んだ目で見つめられると、無茶苦茶にしてしまいそうになる。あまりに無垢《むく》で、いたいけで、穢《けが》したい気持ちと守りたい気持ちが綯《な》い交《ま》ぜになってしまうんだ。だから――」

ドレス越しに、胸元を弄《まさぐ》られる。手ではない、これは――顔を埋めているのだろう。そう思った途端、布にこすれる胸の先端がいっそうせつなく凝る。

「あ、あ……っ……」

それを知ってか知らずか、ヒューバートが布越しに左の突起を唇で食《は》んだ。屹立《きつりつ》した部分に心がぎゅっと引き寄せられる。快楽の糸を撚《よ》ったように、敏感になった体。

「コルセットをつけていないんだな。コーデリア、あなたもこうなることを予想していたのか？」

かすれた声に、ひどく淫靡《いんび》な響きが混ざる。彼の情欲《じょうよく》を感じて、コーデリアは力なく首を横

に振った。

「ち、違います。わたし、そんな……」

「だったらなぜ？　夫と夜の逢引《あいびき》をするのに、脱がせやすい格好で出向くのが淑女だと？」

胸元のボタンが、上から順番にはずされていく。空気に触れた肌が熱い。

「ああ、もうこんなに……あなたの体は、とても感じやすいようだ。いやだと言いながら、もう乳首が硬く凝っている。ここを感じさせてほしいのだろう？」

指先で弾《はじ》かれて、恥ずかしいのに腰が跳ねるのを止められなくなる。その反応が答えだとでも言うべく、ヒューバートは色づいた乳暈をくるりとなぞった。

「や……、ぁ、あ、駄目……」

「嘘《うそ》つきな唇だ。あなたの体は、その愛らしい唇よりずっと正直だというのに」

ぴちゃ、と音がして、右胸の頂が熱く濡れた舌に転がされる。視界を塞がれているせいで、次に何をされるのかがわからない。コーデリアの体は、いっそう快楽に敏感になっていた。

「ん……、かわいらしい胸だ。こうして舐めていると……、はっ、ああ……、ますますいやらしい色になっていく……」

吐息混じりの声も、感じやすい突起を舐《ねぶ》っては焦らす舌先も、今のコーデリアには佚楽《いつらく》への誘《いざな》いにしかならない。

舌先で乳首の側面をちろちろ舐めたかと思えば、唐突に強く吸いついてくる。自分の呼吸音ばかりが、ひどく大きく聞こえていた。

「ヒュー、そこばかり……、あっ、あ、いやぁ……っ」

「ほんとうにいやか？　白い肌が、うっすらと赤くなっているぞ。嬉しそうに、ここは硬くなっているが？」

いやいやと子どものように抗《あらが》うコーデリアの胸に、ヒューバートがひときわ強く吸いついた。

「っ……、あ、ゃぁ……っん！」

はしたない声をあげて、さらなる快楽を求めるように腰が浮く。それを見逃さず、ヒューバートはドレスのなかに手を入れた。

「……ああ、もう濡れていたとは嬉しいかぎりだ」

下着の布越しに、指先が湿り気を察知したのだろう。ぴったりと閉じたままの媚唇を、彼の指がなぞっていく。

「待っ……、ん、んっ……そこ、あっ……」

「いきなりさわるような無礼はせん。これは練習だと言っただろう。こうして……濡れたあなたのかわいらしいところを、指で撫でているだけで、私も興奮してくる……」

言葉に嘘はないらしく、ヒューバートの息遣いが乱れていた。けれど、コーデリアの亀裂をなぞる指は、慎重で的確で、それでいて大胆に心をあばいていく。

「こんなに濡れているなら、布越しに見つけられるかもしれんな」

「ぅ、んん……っ、あ、ヒュー、何を……」

そのとき、指先がくいっと亀裂の内側に入り込んできた。直接触れているのではない、布ごと柔肉の間に押し込んでいるのだ。

「ひっ……、あ、あっ、やぁ……」

快感の宿る割れ目を、ゆるりゆるりと指が上下する。そのたび、蜜口からあふれでたものが全体にまぶされていくのを感じて、コーデリアは喉をそらした。

「む、わからんな。もっとよく調べて……」

唐突に、目元を覆っていた手が離れていく。安堵《あんど》に息つく暇《いとま》もあたえず、ヒューバートはドレスの裾を腰までまくり上げた。

「っっ……！　ヒュー、こんな明るいところで、何をするのですかっ⁉」

寝室とは違う。壁の燭台には煌々《こうこう》と灯りが輝く部屋の長椅子のうえで、白い太腿《ふともも》をあらわにするだなんて、今までのコーデリアには考えられないことだ。

「もっと上、か……？」

だが、ヒューバートは何かを探すことに夢中で、コーデリアの問いかけに返事もしてくれない。恥ずかしさから、脚を閉じたいと思っても、彼が脚の付け根を弄《まさぐ》っている。

含羞《はじらい》で涙目になったところに、狂おしいまでの快楽が貫いた。声をあげることもままならない。水からあがった魚のように、激しく腰が跳ねる。

「……っ、っっ……、あ、ああっ……！」

ぷりっと膨らんだ花芽を、布の上からつままれて、コーデリアはがくがくと全身を震わせた。

「ああ、ここだな。あなたのいちばん感じるところは――」

もどかしげに、ヒューバートが腰から下着を引き抜く。抵抗さえもできぬまま、両足を左右に大きく開かれた。

「も、もう、今夜はこのくらいにしてくださ……」

「何を言う。これからだ、コーデリア」

左右の太腿を裏から手で押し上げ、彼があられもないところに顔を近づける。まさか、と思った瞬間、赤い舌先が濡れた間《あわい》に躍った。

「っ、ひ、……っ、ああ、あっ！」

それも、ただ亀裂をなぞるだけではない。先ほどたしかめたばかりの花芽に、舌先がつんつんとノックをするのだ。

「あなたの蜜は甘いな」

あふれた媚蜜を舌にまぶし、それを花芽に塗りつける。まだ包皮をかぶっていても、その刺激には耐えられそうになかった。

「やめ……っ……、や、そこ、ああっ……！」

舌先でくるりと転がされると、か弱い快楽の粒が剥《む》き出しにされる。ひりひりと痛いほど感じている花芽が、彼の目に触れているのだ。

「ここをたっぷり舐《な》めると、女性はこのうえない悦《よろこ》びを感じられるのだそうだ。コーデリア、あなたの感じる顔を、私だけに見せておくれ」

「もう、もう感じています！　こんなに感じているのに、これ以上だなんて……」

涙目で訴えるコーデリアは、自分がどれほど恥ずかしいことを口走っているかもわからない。今以上の悦楽を与えられるだなんて、考えただけで狂ってしまいそうだ。

「そんなところ、舐めては駄目です……っ」

一国の王が、女性の股に顔を埋めている。コーデリアを感じさせるためだけに、彼は本来舐めたりするための場所ではないそこに、唇を押し当てていた。

「その頼みは聞けそうにない。コーデリア、私はあなたの夫なのだから」

ちゅぷ、と小さく水音が響く。

濡裂の上へと舌が這《は》う。

――駄目、駄目、そんなところ、舐めては駄目なのに……！

コーデリアは、腰を揺すって彼の口淫から逃れようとした。けれど、それこそが淫らなダンスにすぎないことをまだ知らない。

「おねだりしてくれるのか？　ならば、私も応えたい。あなたの体に、初めての快楽を刻ませてくれ」

「あっ……、ち、違っ……んんっ‼」

彼の舌は、躊躇《ちゅうちょ》しなかった。狙いを定め、剝《む》き出《だ》しの花芽に先端を押し当てる。蜜をまぶされたつぶらな突起は、ぬるりと舌先を滑らせた。

「ひぃ……っん、あ、あ、ああっ！」

ひときわ甲高い嬌声《きょうせい》を合図と受け取ったのか、ヒューバートがしゃぶりつくように顔を押しつけてくる。

――嘘、こんな、こんな恥ずかしい格好……！

膝が胸につくほどに、脚を高く持ち上げられ、処女《おとめ》の純潔の花が貪られているのだ。いまや、ヒューバートは砂漠でオアシスを見つけた旅人のように、じゅるじゅると音を立ててコーデリアの花芽を舐っている。

「ぁあ、あ、ヒュー……っ」

腰から脳天へ、感じたことのない悦楽が突き抜けた。それでもまだなお、終わることのない愛撫《あいぶ》。快感は留《とど》まるところを知らず、淫らな舌先で翻弄されるたび、コーデリアは鳴き声をあげる。

「イキそうなのか？　ああ、コーデリア、あなたの蜜がいっそう濃くなってきた……」

舌の中央を花芽に押し当て、全体を押しつぶすようにこすられると、腰から下が溶けてしまったのではないかと思うほどの快感が押し寄せてきた。

「イッ……イクって……？　あっ、あ、やぁ、どこに……、んっ……駄目ぇ……っ‼」

全身が、震え始める。

昇っていくのか、堕《お》ちていくのかもわからない、快楽の海に溺れてしまう。呼吸はままならず、白濁した意識のなかで最後に残る鮮明な記憶はヒューバートの姿だけだ。

「ヒュー、もう、わたし……っ……」

「イッてごらん、コーデリア。こうして、いつまでもあなたをしゃぶっていてあげるから……」

吸われ、舐られ、しゃぶられ、貪られ、そしてその先にあるのは、未《いま》だ知らぬ佚楽の果て。コーデリアのつま先が、宙を掻く。

「っっ……、あ、ああっ、もう、もぅ……っ」

耳鳴りがしていた。始まりも終わりもない甘い夜の、初めての絶頂がコーデリアを襲う。

「あっ……、あ、あ、あぁ！　ヒュー……！」

脳天へと引き抜かれていく悦楽の糸が、全身をこわばらせた。次の瞬間、コーデリアは真っ白な世界に身を投げだす。

「──……なんと愛しい、これが──……というものか……」

ひくひくと、腰の奥の空洞が蠢いていた。そこに隘路《あいろ》があることさえ、コーデリアは知らなかった。自分のなかに、他者で埋め尽くされたい部分があることを知らずに生きてきた。

心は、ヒューバートに満たされている。

けれど、体は――

迎え入れるものを埋めてもらえぬままに、コーデリアは意識を手放した。しどけなく、長椅子のうえに四肢を投げ出して。

「――……おやすみ、かわいいコーデリア」

夢か現《うつつ》かも判別できない、夫の声が優しくコーデリアを見送っていた。

# 第三章　初恋の行方

どこからともなく、鳥の鳴き声が聞こえてくる。肌寒い朝の空気を感じて、コーデリアは上掛けを鼻先まで引き上げた。まどろみは甘く、夢は優しく、そしてヒューバートは――

「……え……？」

彼のことを思い出した瞬間、心が現実に引き戻される。

覚めやらぬ夢から強引に体を起こせば、コーデリアは自分の寝台に横たわっていたことがわかった。

「どうして……？　わたし、昨晩は……」

枕元に、すみれ色のリボンがかけられた笛が置かれている。この笛を、ヒューバートから受け取った。嬉しくて、嬉しくて、心が壊れてしまいそうなほどの喜びを、初めて知ったのだ。

そして、そのあと。

心だけではなく、体までもが弾《はじ》けとぶような最高の快楽を教えてもらった――はずなのに、なぜ自分の寝台にいるのだろう。

見れば、夜着に着替えてさえおらず、コーデリアは下着姿で眠っていたらしい。こんなことは、通常ありえない。結婚当夜、儀式の失敗のあと、ヒューバートに抱きしめられて眠ったとき以外では、下着で眠ったことなど一度もなかった。

いや、問題はそこではない。

――わたし、昨晩、ヒューに恥ずかしいことをされて、意識を飛ばしてしまったんだわ。

耳の奥に、最中のヒューバートの甘くかすれた声がまだ残っている。下腹部のだるさはそのせいだ。

鮮明な記憶に、一瞬で頬が火照ってきた。コーデリアは上掛けを頭までかぶって、寝台に倒れ込む。

――ああ、どうしたらいいの？　きっと、ヒューが運んできてくださったに違いない。あんなに感じて、挙げ句の果てには意識をなくして、王であるヒューに寝室まで運ばせただなんて、どんな顔をして会えばいいの？

なのに、体はいやになるほど素直だ。

思い出しただけで、記憶のなかの快楽が蜜を促す。胸の先がじんと痺《しび》れる。寝起きの体が疼くだなんて、ヒューバートに触れられる以前の自分は知らなかった。知らずにいることが幸せなのか、知ってしまったことが不幸なのか。

「……ヒューと結婚できたことが、幸せなのに……」

恥ずかしい、だけどもどかしい。今、彼がここにいなくて良かったと思う。もしもそばにいたら、もっと触れてとねだってしまいそうだ。

コーデリアは、自分の体を強く抱きしめた。体の深いところからあふれかえる欲望に蓋をするために。ともすれば、自らの手で昨晩のヒューバートの快楽のあとをなぞってしまいたくなる心を押し殺すために――

その朝、ハンナが起こしに来るまでの間、幼い王妃は寝台から起き上がれずにいた。

§　§　§

再度の新婚の儀が設定されたのは、結婚式から十日が過ぎた夜。

大司祭から直接告げられ、コーデリアは「どうぞよろしくお願いいたします」と頭を下げた。

考えてみれば、立会人とて楽ではない。誰が、他人の寝室での行為を見たいと思うものだろうか。

自分が気まずいのと同じだけ、立会人も気まずさを感じている。そう気づいてから、コーデリアは考えを改めることにした。

できることならば、立会人を務めている者たちと顔を合わせずにいたいという気持ちを捨てた。無論、実際に捨てることなどできないので、強引に自分から彼らと遭遇する状況に飛び込んだのだ。

大司祭のローレンスと司祭のジョエルには、宮殿内にある聖堂に行けば会えることが多い。絵画に詳しいという大臣には、国内の芸術家のことで教えてもらいたいことがあると伝え、ティータイムを共にした。王族代表であるヒューバートの叔父には、王族の系譜について学びたいと連絡をとっているところだ。

避けることは簡単だが、王妃として褒められた態度ではない。最初は、あんな姿を見られたと思うと恥ずかしくて泣きたくなるほどだったけれど、コーデリアは自分のやるべきことを見失うほど愚かではなかった。

何より、王族としてどのように振る舞うべきかを幼少期から教え込まれてきたのである。自分という個ではなく、国という大多数の民を優先するよう、母は口を酸っぱくして言っていた。

——でも、今のわたしはお母さまの言いつけだけに従って行動しているとは言えない。

自覚はある。そして、胸のときめきが裏付けてくれる。

コーデリアは、義務感や使命感から立会人と顔を合わせてきたのではない。次こそは、ヒューバートとの夜を成功させようという意気込みが、自分を後押ししてくれている。

ほんのりと感じていた甘い感情が、初恋なのだろうということは最初から気づいていた。だが、幼い初恋が結婚相手に向けられる想《おも》いであるゆえ、心が通うよりも早く体の関係を求められている。

実際に、ヒューバートが急《せ》かしたわけではないのだが、コーデリア自身、早く彼と結ばれたいと願っているのだ。

——そのためにも、今日こそ……！

連日、図書資料室へ足繁《あししげ》く通っているというのに、司書のターニャと顔を合わせると、エランゼの歴史や文化、しきたりや風習にばかり花を咲かせてしまう。昨日は民俗学の分厚い本を借りてきて、あまりの興味深さにひと晩で読破したほどだ。

王妃となったからには、エランゼ王国について深く知ることは大切だ。しかし、今のコーデリアに必要なのは、もっと別のことなのである。

結婚当日、ハンナに入手してもらった絵筆を手に、コーデリアは誓う。今日こそは、なんとしても閨事にまつわる資料を探す。そして、明日の夜に控えた儀式の仕切り直しにそなえるのだ。

図書資料室へ向かう道すがら、なんの気なしに南側の回廊を歩いていくと、普段は気づかなかった花壇が目に入った。正しくは、花壇というよりも小さな農園といった風情だが、そこは果実の生産で栄えるステーリア王国の出身、コーデリアにはすぐわかった。あそこに植えられているのは、ブラックベリー、ブルーベリー、それにイチゴだと。

——イチゴ……。お母さまのくださった指南書には、イチゴの受粉のことが書かれていたのだわ。

ふと、そのことを思い出し、コーデリアはぽっと頬を赤らめた。

イチゴは、ステーリアでも人気のある果物で、季節になると朝食やティータイムだけではなく、入浴後の水分補給にも食される。大陸内の他国では、イチゴといえば野イチゴの印象が強いのだが、ステーリアでは違っていた。

――エランゼでも、イチゴを育てているなんて知らなかった。あとで、少し眺めてこようかしら。

まだ生国を離れて十日強だが、ステーリアにまつわるものを見ると懐かしさがこみ上げてくる。父は、母は、侍女たちは元気にしているだろうか。自分がいなくなって、寂しい思いをしてはいないだろうか。

考えはじめると、途端に心細さが胸を占める。なんといっても、コーデリアはまだ十七歳なのだ。宮殿からほとんど出たこともない生活をしていたこともあって、世間知らずな一面もある。

知らない世界に飛び込んで、最初は持ち前の好奇心と前向きさで気づかずにいられたが、ふと気を抜いた心の隙間に、寂しさが侵入してくることもあった。

「……さ、図書資料室へ行かなくては」

少しずつ、アエリア宮殿での生活にも慣れてきたのだ。その証拠に、図書資料室へはハンナを連れずに行くことができる。侍女は図書資料室よりも聖堂がお気に入りらしく、時間さえあればそこでこの国の修道女たちと話をしている様子だった。

感傷を振り払い、コーデリアは分厚い民俗学の本と絵筆を手に、図書資料室へ急ぐ。

――あら？　なかから声が聞こえてくるみたい。誰か来ているのかしら。

図書資料室の扉は、宮殿内のほかの部屋と比べても古めかしい。そのため、開け閉めに配慮しないと、しっかり閉めたつもりでいても閉まっていないことがある。

「――……で、それは……ですから……」

「ならば、問題あるまい。身分を気にするような男だと思うのか？」

小声のターニャは何を言っているか聞き取れないが、話している相手はよく響く声をしている。考えるまでもなく、その声はヒューバートのものだ。

――身分を……気にする？

盗み聞きは行儀の悪いことだ。それは、王女でなくとも当たり前に知っている。しかし、どこか逼迫《ひっぱく》したターニャの声音に、コーデリアはノックするのをためらった。

「幼いころのおまえは、もっと自由だっただろう。書物が好きなことは知っている。だが、だからといってここに閉じこもっているのが、おまえの言う愛なのか？　相手が誰のものだろうと、愛しているなら奪えばいい。それを――……私も心から望んでいるのだ」

ぞくり、と悪寒がする。

ヒューバートは、コーデリアに話しかけるとき、いつも丁寧に『あなた』と呼びかけてくれていた。だが、古くからのつきあいだからといって、ターニャを『おまえ』と呼ぶ声は、ひどく親密さを感じさせる。

「陛下は、お強うございます。ですが――……は、…………です。ここにいられるだけでも……なのです。そばに、いられるならそれだけで……」

ところどころ聞こえなくとも、ターニャの声が泣きそうになっているのは伝わってきた。

これ以上、聞いてはいけない。

重い書物を両手で胸に抱きしめ、コーデリアは足音を立てないよう、そっとその場を離れた。

なぜ？　どうして？　いったいどういうことなのか？

頭のなかに、いくつもの疑問符が浮かぶけれど、答えはまったく見つけられない。ただ、ヒューバートとターニャが親密な関係にあるのだと、それだけが事実のように思えてくる。

どこをどう歩いたものか、気づけば先ほど見かけた小さな菜園にたどり着いていた。

あたりにはひとの気配もなく、穏やかな陽射《ひざ》しがイチゴの葉を照らしている。白い花が咲くさまを見つめて、コーデリアは大きく息を吐いた。

――きっと、何かの勘違いに違いないわ。あのふたりは、昔からの知り合いなのだから、わたしの知らない話題があっても当たり前。それに、ヒューはいつだってわたしに優しくしてくだって……

その優しさが、結婚内における誠実さでしかない可能性に思い至り、目眩《めまい》がする。

最初は、コーデリアとて結婚に夢を見たりしなかった。町の娘と違い、自由恋愛の果てに結ばれるわけではないのだ。国の決めた相手と、両国の和平のために夫婦となる。そして、互いの国を守って生きていく。それこそが、ヒューバートとコーデリアに課せられた結婚の意味だ。

けれど――

好きになってしまったのだ。

――優しいヒュー、ときどき困ったように微笑《ほほえ》む、逞《たくま》しいひと。わたしよりもずっと大人なのに、わたしと同じ目線までしゃがんで、一緒に世界を見つめてくれる。そんなあなたに恋をした。

問題はないはずだった。結婚相手を愛《いと》しく想うのは悪いことではない。できるならば、彼にも同じように愛してもらいたい。少なくとも、今すぐそうなれなくてもいいから、いずれは――と考えていたコーデリアだが、自分の甘さに涙がにじんでくる。

夢を見ていたのは、自分だけだったのかもしれない。彼はずっと、身分違いの恋に苦しんでいたのかもしれない。

ならばなぜ、ヒューバートはその事実を打ち明けてくれなかったのだろうか。

たしかに国王と、奴隷として売られてきた両親のもとに生まれた移民の娘では身分は違う。

正式に結婚することが困難なのは火を見るより明らかだ。

――でも、わたしはヒューと共に、この国を支えていきたいと思っていた。それを伝えていたつもりだった。

この結婚が形式だけのものだとしても、人間として尊重しあえることで夫婦になることもできたのではなかろうか。

しかし、それはコーデリアがヒューバートを想っていなかった場合にのみ、有効な手段でもあった。彼を想い、恋する少女に向かって、もしもヒューバートが事実を告げたなら、コーデリアも縁談を破棄することを考えたに違いない。

実際には、エランゼと比べて弱小国のステーリアから嫁いできたコーデリアが、勝手に結婚を破談にできるはずはないのだが。

そこまで考えて、ふと考えが一点に収束していく。

――逆らえないから、わたしを選んだというの……？

大陸内でも小さなステーリアの、まだ幼い王女を妃に迎えたのが、すでに最初からヒューバートの策略だとしたら――膝ががくがくと震え、コーデリアは立っていることもできなくなった。その場にしゃがみこみ、イチゴの白い花を見つめて嗚咽《おえつ》をこらえる。

泣いたところで事態は変わらない。前を向いて、最善の策を検討する。この胸にともる、初恋という炎を吹き消せばいいのだ。そして、国のためにヒューバートの子を産み、あとはヒューバートとターニャの逢引に協力して――

できるだろうか。

そんなことが、ほんとうにできるものなのか。感情をどのように殺せばいいのかもわからず、コーデリアは途方に暮れた。

けれど、元来の明るい性格もまたコーデリアなのだ。悪いほうへ悪いほうへ考えていくのと同時に、やはり先ほどのふたりの話は、自分が意味を取り違えているだけという可能性も膨らんでくる。

――たとえば、ターニャの想う相手が別のひとだということは考えられないかしら。そうね、ほかにターニャと顔見知りのひとで、身分の高い男性といえば……

「王妃さま、こんなところで何をしていらっしゃるのですか？」

ひとの姿がないことを確認していたとはいえ、あれから時間が経過している。誰かが来ることを考えもしなかった自分を恥じ、コーデリアはなんとか笑みを取り繕って立ち上がった。

「イチゴの花を見ておりました。エランゼでも、野イチゴではなくイチゴを好む方がいらっしゃるのですか？」

動揺から、相手が誰なのかを確かめもせずに振り返る。いつものコーデリアなら、こんなこともないのだが、今日ばかりは致し方ない。

「おや、なかなかおもしろいご冗談を仰る。我が国では、果物を食べる風習すらないとお思いだったのでしょうか?」

視線の先に立っていたのは、聖衣を纏《まと》ったジョエルだった。

初めて会ったときから、彼はどこかコーデリアを敵視している感がある。ヒューバートと一緒にいるときはあまり感じなかったのだが、今日は一段と刺々《とげとげ》しい。

「司祭さま……。いえ、そういう意味ではありません。ステーリアは、果実の生産が盛んなのですが、他国ではベリーといえば野イチゴのことだと聞き及んでおりましたの」

ぐっと喉に力を込める。そうでなければ、声が震えてしまいそうだ。手にした書物を取り落としたりせぬよう、コーデリアは自分を保つ。

「儀式改めの日取りが決まったというのに、王妃さまにおかれましてはずいぶんとお顔の色が悪いようですね」

風が、ジョエルの長い茶髪を揺らした。鼻先にかすかな甘い香りが届く。聖職者である彼からそんなものが香ってくるのは不思議な気がしたが、ジョエルは妙な生臭さを感じさせる男だ。

「いいえ、元気です。きっと光の加減ではありませんか?」

「そうでしょうか。わたくしには、真実を知ってしまった哀れな娘のようにも見受けられます。ああ、失礼、これはもちろん、もののたとえ。王妃さまが哀れだなんて、ひと言も申しておりませんゆえ、言葉の綾《あや》とご容赦を」

金色のまだらが散った瞳に、こちらを揶揄《やゆ》するような光を宿し、ジョエルが艶《あで》やかに笑む。

――……このひとなら、知っているかもしれない。そうだわ、先日会ったときも、ターニャの話をしたら妙に動揺していたもの。もしかして、何か知っているのではないかしら。

コーデリアは、ぐっと胸を張り、背筋を伸ばす。小柄な自分を、少しでも大きく見せるのは自分に自信を持つためだ。

「司祭さま、もしかしたら何かご存じなのでしょうか？」

「はて、何かとは？」

「わたしが、哀れな娘と思われる可能性のあることを、ですわ」

「王妃さまともあろうお方が、哀れと思われる理由などありますまい。陛下は、あなたをご寵愛《ちょうあい》なのでしょう？」

のらりくらりとはぐらかし、ジョエルはふっと妖艶な笑みを見せる。薄い唇が、含みのあるまなざしが、コーデリアに「彼は知っている」と確信させた。

「……それは、司祭さまのほうがご存じなのではありませんか？　わたしは、明日の夜を滞りなく迎えなければ、陛下に愛されているなどのたまえる立場にありません」

こちらから、その話題――いわゆる初夜の儀式に関することを言い出したことに驚いたのか、ジョエルは嘲りにも似た表情を消し、目を瞬《しばた》いた。

さもあらん、うら若き娘が自ら閨事について発言するとは思わないものだ。けれど、それこそがコーデリアにとっても重要な問題。恥じらって逃げているばかりでは、現状は変えられない。

「つまり、お子さえなせば、愛されるとお考えなのでしょう。王妃さまはまだお若い。そう考えてしまうのも無理はありませんね」

笑顔で切り返すのは簡単だ。それはある意味で相手を排除するのに似ている。心のない会話はフルーツの乗っていないタルトのようなもの。

「わたしの役割は陛下の妻として子をなすことです。けれど、陛下がお心のままに、お望みのものを手に入れるためのご協力をすることは厭《いと》いません」

「それは——望むものがなんだとしても？」

「ええ、なんだとしてもです。わたし以外の愛情をお求めだとしても、陛下はそれを許されるお立場におありですから」

気を張っているつもりなのに、唇が震えだす。ほんとうは、こんなことを口に出したくなかった。言えば、認めざるをえない。あるいは、その考えが自分自身をも縛りつける。

「……ヒューは、誰からも敬われ、愛され、憧れられる、すばらしい王だ」

突然、ジョエルの口調が変わった。

ヒューバートと親しく話すときのような口ぶりに、コーデリアは息を呑む。

「はい、仰るとおりです」

「ならばわかるだろう？　あなたのように身分が高いだけの小娘では、彼の心をつなぎとめることなど無理だと」

苦渋に満ちた彼の声は、声量こそなかったものの悲鳴のように聞こえた。

――ああ、もしかせずともジョエルはターニャのことを……

「彼女は、あなたよりもずっと以前からヒューに憧れてきた。それこそ生涯を捧《ささ》げてもいいと思えるほど、恩義を感じている。今まで、ヒューが結婚しなかったのはなぜだと思う？　心から欲する女性が、枢密院からも貴族たちからも認められないほど、身分が低かったからだ」

あえて名前を出さずに、ジョエルが言葉を連ねていく。

彼は、きっとふたりをずっと見てきた。あるいは、ターニャを見てきたのだ。だからこそ、彼女の気持ちが手に取るようにわかるのだろう。

「若くして王となったヒューは、神前で誓いを立てた。この大陸内のすべての国と和睦がなされるまで、結婚はしないというものだった。だが、オレにはわかっていたんだ。アイツは、ほんとうに想う女と結ばれないからこそ、結婚を避けてきたのだと……！」

民から慕われる王が、三十六歳まで結婚せずにきた理由が、初めて告げられた。神に誓っていたとは、コーデリアも予想だにしなかった事実だ。

けれど、同時にヒューバートらしいという気持ちもする。王として国を導き、王として民を守り、そして王としてこの国の未来を見据えたゆえ、ヒューバートは結婚よりも大陸内の制定を選んだ。

「――そういうお方ですものね」

ぽつりとつぶやいた声は、涙に濡れている。自分がいつしか泣き出していたことに、コーデリアは初めて気がついた。

「……すまない。あなたもつらい立場だろう。だが、わかってくれ。愛しあう者たちを引き裂くことは、神にもできぬことなんだ」

笑おうと、した。そのつもりだった。

だが、コーデリアの唇は笑みを結ぶこともできず、無様にわなないている。王妃が、このような場所で声を殺して泣いているなど、誰にも見せるわけにはいかない。

「お教えくださり、ありがとうございました、司祭さま。わたしはこれで……失礼いたします」

深く頭を下げてから、コーデリアは手のひらで涙を拭った。うつむきがちに、両腕に抱いた書物に視線を落として歩く。

今日の朝までは、幸せだった。資料室へ行くまでは、ふたりの会話を聞くまでは、ジョエルから真実を告げられるまでは――

コーデリアは、心をぎゅっと押しつぶし、自分に言い聞かせる。

明日からも、何も知らない顔をしていよう。何も気づいていないふりをしよう。そうして、幸せそうに笑っていれば、きっと誰もヒューバートとターニャのことを疑いはしまい。

――愛するひとには、幸せでいてほしい。だからわたしは、ヒューバートの幸せのために、いつも微笑んでいなくてはいけないわ。

恋を教えてくれた彼のために、自分にできることはもうそれしか残されていなかった。

§　§　§

その夜、眠れずにコーデリアは寝台に横たわって考える。

ふたりがもし、ほんとうに愛しあっているとして、自分にできることは建前の王妃であることだけなのだろうか。

――不貞は、幸福な未来を生むとは教わってこなかった。けれど、今までの人生で私が習ってきたことだけが正しいかどうかなんて、判断がつかないわ。

驕《おご》った考えかもしれないが、ターニャはきっとヒューバートとふたりで祝福された道を歩むことは叶《かな》わないだろう。同時に、ヒューバートも愛する女性を日陰の身に甘んじさせることを苦しく感じやしないだろうか。

もしも――

自分が、ヒューバートに心から愛される王妃となれば、ふたりの気持ちも変わるのでは――そう、都合よくいくわけがないと知っていても、考えてしまう。

夜は更けていく。心は不安に押しつぶされそうになる。いっそ、何も知らぬふりでヒューバートに夜這《よば》いをかけてみることまで思い悩み、結果として何もできずに上掛けを引き上げる。まんじりともせず、夜のなかで時を過ごし、コーデリアはある考えに至って奥歯を噛《か》みしめた。

——わたしが純潔でなくなれば、初夜の儀式は成立しない。

立会人までつけるほど、エランゼ王国では花嫁の純潔が重視されている。ならば、純潔を奪ってもらえばいい。

枕元に置いてあった絵筆を手に、コーデリアは寝台から起き上がった。

すでに、対外的にはヒューバートとコーデリアは夫婦である。もしもコーデリアが純潔でなかったと知れたところで、今さらステーリアに追い返すこともできまい。だとすれば、ヒューバートが堂々と愛妾《あいしょう》を持つことも許される可能性が——万にひとつくらいはあるのではないか。

「……ステーリアの皆に、迷惑がかからないように。そして、これから先、ヒューに愛してもらえなくても生きていけるように……」

薄いガウンを羽織ると、コーデリアはもう迷わなかった。

§　§　§

美しい彫り模様の入った扉を、小さなこぶしでコンコンと二度ノックする。なかからは、「誰だ?」とこもった声が聞こえてきた。

「――夜分遅くに申し訳ありません。コーデリアです」

浅はかな考えとはわかっていたが、もうほかに道はないと思うほど、コーデリアは追い詰められている。そして、純潔を奪ってくれる相手には、ほかに心当たりがない。

「……コーデリア? どうした、何かあったのか?」

扉を開けてくれたのは、彼女の夫である。

ヒューバートに、自分の初めてを奪ってもらうため、絵筆を握りしめて歩いてきた。覚悟は決まっているというのに、まだ脚が震える。

「お邪魔しては迷惑でしょうか?」

「かまわん。それより、ずいぶんと顔色が悪いようだな。何か温かい飲み物を持ってこさせよう」

「いえ、要りません。今は、誰にも会いたくないのです」

すでに、深夜をまわっている。こんな時間にお茶の準備をさせるなど、使用人たちにとっても迷惑な話だ。

――ヒューにとっては、使用人たちにかけるよりもひどい迷惑を運んできてしまった。

そんなことはつゆ知らず、ヒューバートがコーデリアを部屋に案内してくれる。

彼の居室は、大国の王の部屋とは思えぬほどにシンプルだ。置かれた調度品のひとつひとつは最高級のオーク材でできているけれど、広い空間を活《い》かした室内はどこか騎士団の待機所を思わせる。もしかしたら、部屋の壁際に並べられた剣の数々、壁にかけられた大陸地図が原因かもしれない。

「それで、こんな夜更けに何があった？　怖い夢でも見たか？」

ぽんぽんと頭を撫でてくれるヒューバートを見上げ、今にも涙がにじみそうになる。

このひとは、きっと気づいていない。コーデリアが疑っていることも知らず、いつもと同じように接してくれている。優しく、どんなときも笑顔で。それは、ほんとうの心を隠すために、コーデリアが今までとってきた態度とよく似て感じた。

「――起きていらっしゃったのですか？」

長椅子のうえに広げられた書物を見て、夜着姿の彼に問う。寝ていたところを起こすことになるとわかっていての来訪だが、彼が寝ていなかったとなると体が心配になるだなんて、勝手なものだ。

「私は、あまり長い時間眠らん。戦場で過ごした時期の影響かもしれんのだがな。コーデリアこそ、こんな時間まで起きていては明日の儀式が――」

言いかけて、ヒューバートは言葉の続きを飲み込んだ。

明日の夜には、立会人のもとで夫婦の契りを交わす。それより早く、自分は純潔を捨てるつもりでここに来た。

――問題は、どうすることが純潔を手放すことになるのか、わたしが知らないこと。それと、きちんと受粉にあたる行為をしていただかないと、彼の子を身ごもれないこと。

王妃としての資格を剥奪《はくだつ》される可能性を考えれば、エランゼ王の血を引く子を身ごもるのは危険だということもわかっている。だが、たくさんのことが一度に押し寄せてきて、コーデリアは正しい答えを見つけ出せなくなっていた。

彼のため、ターニャのために考えていたつもりが、つまるところは自分のためにしか行動できていない。それを情けなく思う気持ちもある。

それでも――

ただ一度だけでいい。彼の寵愛を賜《たまわ》りたい。

「コーデリア?」

思いつめた様子でうつむく妻に、ヒューバートが優しく呼びかける。

――あなたの子がほしいと望むのは、わがままですか……?

きゅっと引き結んだ唇は、自分の愚かしさに怯《おび》えていた。口を開けば、ヒューバートに嫌われることを言ってしまうかもしれない。彼が自分ではない女性を愛しているかと思うと、それだけでおかしくなる。

ここまで来て怖《お》じ気《け》づくだなんて、結局のところジョエルが言っていたことが正しいと思えた。こんな幼い自分では、ヒューバートの妃に相応しくないのだ。

「……申し訳ありません。ただ、ヒューの顔を見たかっただけなのです。夜分にお部屋を訪れたりして、ご不快な思いをさせてしまいました」

顔を上げぬままに、コーデリアが謝罪する。その肩を、左右同時につかまれた。

「何かあったのだろう？　隠し立ては不要だ。私たちは夫婦なのだから、なんでも話してくれ。あなたに何かあったのかと思うと、私は気が気でない、コーデリア」

彼に促されて、目と目を見交わす。そこには、昨日までと変わらない慈愛があった。何も変わらない――

「うん？　何か落としたようだが……」

黙っていると、ヒューバートが肩から手を放してしゃがみ込んだ。落とすようなものなどない。そう思ってから、血の気が引く。

「あっ、あの、それは――」

絵筆、だった。

正式には、毛幅が広く毛束が多いものをイチゴの受粉に使うのだが、この国で準備できる筆は絵筆のみだったのだ。

「コーデリアは絵を描く趣味があったのか」

「違います。絵はうまくありません」

「ほう、ではこれは何に使うんだ。女性は化粧に刷毛《はけ》を使うそうだが、絵筆のようなものも使うのか？」

青ざめた顔色が、今度は一気に赤くなる。コーデリアは指をきつく握り込み、ごくりと唾を飲んだ。それから息を大きく吸って、

「……受粉に、使うためのものです」

と答える。

「受粉？」

困惑の混じった声が、いたたまれない。コーデリアにすれば「あなたの子どもを授けてほしい」と同義のことを告げたのである。

しかし、違う意味で当惑するヒューバートが、首を傾げて絵筆を持ち上げた。

「そうか、虫媒の代わりに、この筆で花粉をとって人工的に受粉させるのだな。ステーリアは果実の栽培が盛んな国だ。だが私の部屋にわざわざ絵筆を持ってきたのは……」

相手に察してもらおうとするのは、卑しい行為である。コーデリアは、そう教えられて育った。つい先ほどまでは、自分が与えられた教育が正しいかどうかの判断ができないとまで考えていたけれど、こういう咄嗟《とっさ》の場合には身に染みついたものが優先される。

「ヒューに、受粉していただくために参りましたっ‼」

「……私に？　だが、花粉というか、あっ……」

しばし考え込んでいた彼は、何かに気づいた様子で顔を背けた。

――ああ、やはりはしたない女だと思われてしまったわ。でも、こうするしかもう道はない。そう、わたしには……

窮鼠《きゅうそ》猫を噛む。追いつめられたネズミは、ネコにさえ噛みつく。現在、自ら作り上げた迷路のなかで行き先を見失うコーデリアも、ネズミと変わらない立場である。

「いや、コーデリア、待ちなさい。人間のそういった行為には、受粉と違い……」

「し、失礼いたします！」

彼の胸をぐいぐい押すと、思ったよりも簡単にヒューバートを長椅子に座らせることができた。自分は意外と力持ちなのかもしれない。それはさておき、コーデリアはすぐさま彼の足元にしゃがみ込む。

「ヒューにご迷惑はおかけいたしません。どうぞ、わたしの純潔を奪い、子種を授けてくださいませ」

床に膝をついて、ヒューバートの返事を待たずにトラウザーズの前に手をかけた。指先が震えて、うまく寛《くつろ》げることもままならない。それでもコーデリアは諦めなかった。

「ま、待て、コーデリア……！　っ、ど、どこをさわっている⁉」

右手のひらが、何か硬く熱いものに触れている。それは、彼の衣服を脱がせようとするコーデリアの前で、どんどんと硬度を増していく。そして、トラウザーズの下腹部が、ぱんぱんになるほど張りつめた。

「……これは、先日の大きなものでしょうか？」

あの夜、自分のなかに埋め込もうとされていた雄槍が、今また現れたのだ。どうやら、その部分は普段は縮まっているらしい。そして、必要な場合には鎌首をもたげるのだろう。

「大き……っ……⁉　いや、コーデリア、あなたは酒でも飲んでいるのか？　とても正気とは思えん」

「正気です。そうでなければ、このようなはしたない真似《まね》はいたしません」

ある意味では、すでに狂っている。彼への逬る《ほとばし》想いで、理性は崩壊してしまった。とはいえ、正気だからこそ彼を襲っているというのがコーデリアの意見だ。

「あ、はずせました。ヒュー、少し腰をあげていただけますか？」

「――っっ、わかった、好きにしろ！」

投げやりな口調ながらも、ひどく赤面したヒューバートが、腰を浮かせてくれる。その隙にトラウザーズと下着をぐいっと引き下ろし、あらわになった雄しべと思《おぼ》しき部位。

明るい室内で見ると、それは雄しべというよりも傘の開ききらないキノコのような形をしている。

「…………ヒュー、これは……」

喉が痛いほどに渇いていた。緊張のせいだとわかっていても、奇妙な高揚感が拭いきれない。

——きっと、ここから花粉のようなものが噴出されるに違いない。けれど、どうすればいいのかしら。期を待てばいいというものでもないでしょうし……

「あなたが、私をそうさせたのだ。今になって怖がっても、どうにもならんぞ」

「はい、怖がってはいません。ただ、その、わたしはいかんせん不勉強で……」

床にぺたりと座り込んで、コーデリアはため息を漏らす。思い出せるのは、母のくれた指南書のみ。あの指南書に書かれていたのは——

絵筆を握り、コーデリアは一念発起して膝立ちになる。

まずは、疑うよりも実践だ。指南書の受粉の手順どおりに行動してみよう。右手に絵筆をかまえ、左手をそっと伸ばす。

「く、っ……!」

結婚当夜、ヒューバートがしていたように、根元を左手で握ってみた。あまり強く握っては痛いかもしれないし、急に子種が噴出しても困る。そっと触れた指先に、脈動が伝わってきた。

「こ、これで、花粉——ではなく、子種をちょうだいいたします……!」

「……このままで、か……?」

眉根をひそめたヒューバートに問いかけられ、コーデリアは絶望的な気持ちで彼を見つめる。まさか、このままでは子種は取れないのだろうか。だとすれば、子種の出るところ——雄しべは違っていると?

「ああ、いや、そのような困った顔をするな。わかった、このままでも不可能ではないと思う。あなたの好きなようにしてみてくれ」

「はい……」

では改めて、とコーデリアは左手で猛《たけ》るものを握り、右手の絵筆を近づけた。ぷっくりと膨らんだ切っ先に、毛束を――

しゅしゅ、しゅ、と手首を回転させてかすめてみる。しかし、何かを採取できたという感じはない。

――おかしいわ。やはり手順が違うのかしら。ヒューは「このままでも不可能ではないと思う」と言っていた。つまり、通常のやり方ではないの?

必死に考えて、考えて、考え尽くす。

数少ない性に関する知識のうち、大半が指南書によるもので、残りはヒューバートとの実体験から学んだ。指南書がどうも違っているからには、あとは彼のした行為を真似てみるくらいしか案がない。

「……失礼いたします」

筆を床に下ろすと、コーデリアはおずおずと彼の雄しべに顔を近づけた。

「……コーデリア、それは……、うっ……!」

彼が自分にした行為をなぞって、張りつめたものに舌を絡ませてみる。下のほうからつううっと舐めあげると、まるで「ここを舐めよ」という道筋のごとく、皮膚に筋がある。

「く……、あなたはどこでそんなことを学んで……う、あぁっ……」

長椅子に座ったヒューバートが、びくんと体を揺らした。どうやら、この筋を舐《な》めると彼は心地よいらしい。

「ヒューが、わたしにしてくださったことです。このようにすると、具合がよろしいのでしょうか？　んっ……」

子猫がミルクを舐める要領で、コーデリアは赤い舌をひらめかせた。ちろちろと動かしては、鼻先もこすりつけて刺激してみる。

「ああ、たまらん……！　いとけないあなたが、このような……はっ……」

息が上がっていくヒューバートの姿に、それまで感じたことのない興奮が湧き上がった。下腹部からぞわりと滾《たぎ》る、甘く意地悪な疼き。

――なんて魅惑的な声。もっと、ヒューの声を聞いてみたい……。

調子に乗って舌を動かしていると、舌の付け根が痛くなってくる。これではいけない、とコーデリアは赤い唇を舐めた。そして、精一杯に口を開ける。

「……こ、こうしたら、もっと良いのでしょうか……？」

亀頭をぱくりと口に咥《くわ》え、ちゅっちゅっと吸ってみた。唇に押さえられた幹の部分が、せつなげに脈を打つ。

「く……っ、駄目、だ。これ以上は……」

「んっ、あ、ヒュー、どうして……?」

強引に肩を押されて、漲《みなぎ》る雄茎が取り上げられた。唇からは、銀色の糸が垂れる。それを手の甲で拭って、コーデリアは今一度、絵筆に手を伸ばそうとした。

「…………あなたは何か勘違いをしているようだが、その勘違い、利用させてもらうぞ」

下を向いているコーデリアの両脇に、ヒューバートが手を差し入れる。あっと思ったときにはもう遅く、彼の膝のうえに抱き上げられてしまった。

「ヒュー、これではいけません。あなたの子種を、受粉させてくださいませ」

「だから、コーデリアのいう受粉にあたる行為は、その方法ではできんのだ」

「えっ……!?」

やはり間違っていたのか。

コーデリアはがっくりと肩を落とす。もう、方法はどこにもないのかと思い、悲しみに暮れかけた。

「なにゆえ、急に積極的になってくれたのかは不明だが、あなたが知りたいと言うのなら教授しよう。まず、自分で下着を脱いでごらん」

藁《わら》にもすがる思いで、彼の言葉に首肯する。ヒューバートの太腿《ふともも》を跨《また》いでいるため、下着を脱ぐのは困難だ。

「あの、一度下りてもいいでしょうか……？　このままでは、脱ぐこともままなりません」

「そんなことはない。ほら、こうして私の膝にうつ伏せになって……。そうだ、それから、長椅子に両膝をついて、いい子だな」

彼のうえに横抱きされる要領で、コーデリアの体勢だけを裏返す。つまり、うつ伏せで横抱きされたようになると、なるほど下着を下ろすこともできそうだ。

「……脱ぎなさい。自分で、私に見せつけるように脱ぐのだよ」

「は、はい……」

とにかく、彼の言うとおりにしていれば、正しい方法を教えてもらえる。いかに恥ずかしいことをしているかは、今は考えてはいけない。

コーデリアは、ヒューバートの膝のうえで体をよじり、夜着の裾をめくりあげた。それから、下着の腰の部分に手をかける。

「あなたは、初対面のときから好奇心の強い子猫のようだった。今夜は、常にもまして突飛な行動を取る」

「それは、おいやだという意味でしょうか？」

「いいや、かわいくて目が離せないという意味だ」

慣れた手が、頭を撫でた。この大きな手のぬくもりは、きっと生涯忘れられない。

たとえ、彼と二度と会えなくなっても忘れないだろう。

「ぬ……脱ぎました……が、次はどうすれば……?」

下着を床に置き、裾を直して身を起こすと、自分の腹部が彼の劣情を押しつぶしていたことに気がついた。

「ヒュー、申し訳ありません。ここ、だいじょうぶでしたか? 痛くありませんでしたか?」

座っているせいか、臍《へそ》につきそうなほど屹立《きつりつ》しているものを両手で撫でさすると、ヒューバートが「ううっ……!」と呻《うめ》く。

「ああ、やはり痛かったのですね。どうしましょう、お医者さまを……」

「いや、違う。良すぎるだけだ。医者を呼ぶのはやめてくれ!」

「良すぎる……ですか?」

首を傾《かし》げたコーデリアに、ヒューバートがキスをした。

そのキスは、あまりに唐突で。

そのキスは、冷静さを欠いていた心に甘く沁《し》みて。

そして、そのキスは、やるせないほどにせつなくて。

「ん、ん……」

鼻から抜ける声を、我慢することもできない。コーデリアは、彼の首に自分から腕をまわした。

——唇はこんなにやわらかくて、くちづけるたびに心を交換しているような気持ちになるのに、ヒューはわたしではなく、ほかの誰かを想っているの？

声に出せない質問を、コーデリアはキスに託した。彼の舌が口腔《こうこう》に入り込んでくると、それを自分から迎え入れる。絡み合う心と心、重なる唇と唇。それなのに、ふたつの体はどうしても別個の存在だ。

――もっと、溶け合ってしまいたい。そしてひとつになれたなら、わたしはもうヒューのそばから離れずにいられる。

叶わぬ願いと知りながら、コーデリアは懸命に彼のキスを受け止める。

「……あまりに積極的すぎて、誰かほかの男から習ったのではないかと疑いそうだ」

は、と自嘲するような息を吐き、ヒューバートが額をすり寄せてきた。

「コーデリア、何か不安なことがあったなら、無理をせずに私に言ってほしい。私は、知ってのとおり無骨で女心のわからぬ男だ。あなたに贈り物をしようとしても、指輪ひとつ選べない。

――そんな哀れな夫に、あなたの不安を聞かせてはくれまいか」

緑色の瞳に、コーデリアの姿が映し出されている。彼は、今、この瞬間、自分だけを見つめてくれているのだ。

胸が痛い。心臓がつぶれてしまう。

見つめられるだけで、息ができなくなる。

「……不安なんて、何も……」

目をそらしたのは、コーデリアのほうが先だった。彼の真摯なまなざしに、心の底まで見透かされてしまう気がして、居ても立ってもいられなくなる。

「こんなときになんだが、今、あなたは初めて私に嘘《うそ》をついたのだな。不安がないわけはあるまい。明日の夜、また立会人の前で抱き合わねばならんのだ。正直なところ、私とてこの歳になっても気恥ずかしい思いがする。それを、年若い女性に強要するのだから、あなたが怯えるのも当然のことだと思う」

すまない、とヒューバートは言った。

謝らないでください、とコーデリアが応える。

ほんとうならば、夫を疑うなど罪深いことだ。知っていながら、彼の本心を見つけることができない自分は、王妃になど相応しくない。まして、ほかに愛する女性がいるのかもしれないと知ったうえで、彼に自分の純潔を奪ってもらおうと企《たくら》んだ。

「わたしは………」

あなたを、愛してしまったのです――

声に出せないまま、コーデリアは夫に抱きついた。

「――わたしは、早くあなたのものになりたいのです、ヒュー。方法が間違っているというのならば、どうかあなたが教えてくださいませ。わたしの純潔を、奪ってください」

コーデリアの告白を聞いたヒューバートが、苦しげに眉根を寄せる。彼の表情を見て、泣きたくなった。

もし、彼が自分を想っていてくれるのなら、少しは喜んでくれるだろう。

だが、ヒューバートはつらそうで、大人の男性がこれほど苦渋に満ちた表情を浮かべるのを、コーデリアは初めて見た。

「……たいそう魅力的な誘惑だが、それでは儀式をどうする？　コーデリア、あなたはきっと知らないのだろうが、純潔かどうかは立会人たちにはひと目でわかってしまう」

かまわないと叫びたかった。誰にどう思われようとも、すべてを投げ打って、たった一度の喜びを知りたい。

最後の理性の糸が、かろうじて張り詰めている。コーデリアは、彼のそばから離れようとした。これ以上、みじめな思いをするのはよそう。形ばかりの王妃として、何も気づかぬ顔でいるほかないのだ、と。

「だから――」

ヒューバートが、彼女の腕を引く。そのまま彼を跨ぐように、すっぽりと腕のなかに包み込まれた。裾が太腿までめくれ上がっている。

「今宵《こよい》は共に、――……いいか？」

下着を着けていないせいで、脚の付け根に彼の劣情が触れてしまう。コーデリアは、うろたえて腰を逃がそうとするけれど、ヒューバートはそれを許さない。両手で細腰をつかみ、しっかりと押さえつけてくる。

「ヒュー、これは……」

「教えると言っただろう？　結婚式の夜は途中でやめてしまったが、こうして――」

柔肉の間に、彼の滾るものが挟み込まれた。熱い、と思った直後、互いの触れあう部分がぬるりと滑る。

「や……っ……」

自分がわからない。なぜ、こんなに濡れているのだろう。突然に、コーデリアは羞恥心の塊となった。先ほどまで、自分がヒューバートに迫っていたことなど、もうすっかり忘却の彼方《かなた》である。

「コーデリア、わかるか？　あなたがしようとしていた、受粉――人間の場合は、それに至るまでに互いのこの部分をつなげなければいけない」

にちゅ、ぬちゅ、とこの上なくはしたない音が耳を打つ。彼を濡らしている蜜は、コーデリアの体からあふれたものだ。

「わ、わかりました。もう……っ」

「いいや、まだだ。今夜はずいぶんと翻弄してくれたな。私の妻は、思っていた以上におてんばで積極的で――魅力的だ」

体をぐいと引き寄せられ、コーデリアは咄嗟に彼にしがみつく。亀裂にみっしりと嵌《は》まり込《こ》んだ雄槍は、せつないほどに熱を帯びていた。

「あの夜、あなたは痛がって泣いた。だが、ほんとうならばあなたの奥深くまで私を埋め込み、そして子種を放つのだ。そうすることで、子を授かる」

体にめり込んできた質量を思い出し、ぬかるんだ蜜口がひくりと震える。たしかにあの夜、腰の内側にある空洞に、彼は刀身を突き立てようとしていた。

「――今夜は、そこまではしない。明日のお預けだ」

言い終えると、ヒューバートが腰を前後に揺らし始める。彼のものに、たっぷりと蜜がまぶされていく。

「ヒュー……、や、これ、いや……」

「あなたが言ったことだ。どうするか、わからないのだろう？　だから……すべて私が教える。ほかの者になど、教えさせるものか」

最初は、下から揺さぶられるばかりだった。それが、いつの間にか自分も腰を振っている。高まる快楽のなかで、心と体をさらけ出す。

――こんなこと、愛情がなければわたしはできない。ねえ、ヒュー、あなたはそうではないのですか……？

共に果てたあと、コーデリアは彼の放った白濁を見て、やっと意味を理解できた。たしかに、絵筆は不要らしい。

「……明日は、絵筆を持たずにおいで。だいじょうぶ、あなたは私の大切な妻なのだから」

優しくされるほどに、泣きたくなる明け方。夜闇は静かに遠ざかり、窓の外が橙色《だいだいいろ》と紺色に入り交じる。

コーデリアは、ヒューバートの肩に顔を押し当てて、涙をこらえていた。

ただ、愛《いと》しいひとの体温だけを感じていられる喜びを噛みしめていた――

§　§　§

ほとんど眠らぬまま迎えた翌朝、コーデリアは鏡に映る腫れたまぶたを気にしていた。ハンナは「気にされるほどではありませんよ」と笑っていたが、そうはいかない乙女心も持ち合わせているのだ。

「まあ！　今日も図書資料室へ行かれるのですか？」

半ば呆《あき》れ顔《がお》のハンナに、曖昧に微笑みかける。昨日は、民俗学の本を返していない。返却を急ぐ理由はなかったが、借りたものはなるべく早く返すべきだ。ほかの誰かが、この本を読みたいと思うかもしれない。

「……ねえ、ハンナ。もしも、わたしが王妃でなかったら――」

それでも、あのひとはわたしと一緒にいてくれるかしら。

忙《せわ》しなく朝の準備をする侍女には、コーデリアの小さな声は届いていなかった。

借りた書物と、ハンナに頼んで用意してもらった珍しい焼き菓子を持って、コーデリアは昼前に図書資料室へ着いた。

今日は、扉がぴっちりと閉まっている。もしも、またヒューバートが来ていたら――と、少しだけ不安になったが、コーデリアはもう決めていた。

何も知らないふりをする。

何も気づいていないふりをする。

なんにせよ、確証はないのだ。ヒューバートとターニャが話しているのを聞いたこと、それからジョエルが語ったことが、今のコーデリアが知るすべて。

――それならば、わたしは自分の目で見たヒューを信じていたい。彼の優しさを、彼のぬくもりを、失わずにいたい。

古い扉の前に立ち、深呼吸をして、ノックを二回。ぎいい、と軋む扉を開ける。書物庫特有の乾燥した空気があふれ出した。

奥の書棚のほうから、物音が聞こえてくる。ターニャは仕事熱心で、利用者はあまり多くなくとも、いつも本の手入れを怠らない。きっと、今日も埃《ほこり》を払ったり、古い本の修繕をしたり、細やかな作業に勤《いそ》しんでいるのだろう。

民俗学の本が重かったので、それを手近な机に置く。

ターニャがいるらしき、奥の書棚へ向かおうとしたとき、相手も物音に気づいたのか、棚の間からひょこっと顔を出す。飾りけのない、健康そうな容貌のターニャは、コーデリアを見つけて笑顔になった。

「王妃さま、いらしてたんですね。気づくのが遅くなりまして申し訳ありません。少しお待ちくださいさい。今、この棚の整理を……あっ！　きゃあっ‼」

悲鳴と同時に、大きな音が聞こえてくる。何かが落下してきたような音だ。しかして、それは的を射ている。慌ててコーデリアが駆けつけると、ターニャは大量の本の下敷きになっていた。

「ターニャ、だいじょうぶですか……？」

床に膝をつき、コーデリアは本をよける。手入れの行き届いて見える資料室だが、落ちてきた本からはもうもうと埃が舞った。見れば、本があったらしい場所は書棚のいちばん上である。さすがのターニャも棚の奥までは手が回らなかったのだろう。

「うう……痛い……ですが、だいじょうぶです……。それよりも本は無事ですかっ⁉」

朦朧《もうろう》としながら身を起こしたターニャだったが、事態を把握した途端、床に散らばった本を確認しはじめる。

だが、あれほど大きな音がしたのだ。本よりもターニャの体が心配で、コーデリアは彼女の腕をぎゅっとつかんだ。

「いけません、先にご自身の体を確認してください。頭を打ったのではありませんか？　こぶができているかも――」

「王妃さま！　わたくしの体は、多少の怪我《けが》など自然に治癒いたします。ですが、書物はそう参りません。古い書物ほど、修復も大変なのですよ‼」

つかまれた腕を振りほどきはしないものの、血相を変えたターニャが、鬼の形相で睨《にら》みつけてくる。

「は、はい……」

思わず、気圧《けお》されるようにしてコーデリアは手を放した。本の下敷きになったターニャがすぐさま活動しているというのに、少し大きな声を出されただけで床にへたり込んでいる自分が情けない。

「――……これも、だいじょうぶ。ああ、ちょっと背表紙に傷が……でも、このくらいなら修復できる。あとは……」

次々と本を拾っては確認し、所定の位置に戻していくターニャを見上げて、コーデリアは「敵《かな》わない」と、心のなかで呟《つぶや》いた。

きっと、このひとには敵わない。

　まっすぐに仕事に打ち込み、確とした信念を持って生きる女性なのだろう。今までも、話をするたび、ターニャの内側からにじみ出る美しさを感じてきたが、今日ほど打ちのめされた気持ちになるのは初めてだ。

　ひとりの女性としてだけではなく、ひとりの人間として、彼女には敵わない――

「これでよし、と……。っ、あ、あっ、王妃さま、申し訳ありませんっっ！」

　本を戻し終えたターニャが、まだ埃の残る床にがばっとひれ伏した。

「ターニャ、どうしたのですか？」

「わたくしとしたことが、王妃さまのお気遣いを退《しりぞ》けて、本にばかりかまけてしまいました……。どうぞ、どうぞお許しを。決して悪意あってのことではございません」

　先刻まで、剣を向けられても動じないのではないかと思う迫力だったのが嘘のように、司書はひたすら頭を下げている。

「……いいえ、許しません」

　わざと真面目くさった声でそう告げると、ターニャが身も世もない顔でこちらを見た。

「あなたがご自身の体も大切にしてくださるとお約束してくれなければ、許しませんよ？」

　本の落下を受けて乱れた、ターニャの薄茶色の髪をそっと直してやる。

　もとより、自分が許す許さないの判断をするようなことは何もなかった。コーデリアとしては、ささやかな冗談のつもりでしかない。

「王妃さま！　ありがとうございます……！　仰るとおり、もちろんこれからは体も大切にいたします。昨晩は、とても興味深い物語を読みふけってしまい、睡眠時間が足りていなかったのも悪かったのかもしれません。今夜からは三時間以上は寝るようにいたします」

では、今までいったいどれだけ睡眠が足りていなかったのか。それを考えると頭が痛い。

仕事の虫であり、読書を何よりの喜びとするターニャは、昼夜の別なく本と生きている。図書資料室の司書という職は、彼女の天職に違いあるまい。

コーデリアより、七、八歳は年上だろうターニャだが、ほっそりとした長身の体つきは、どんなドレスも着こなせそうに見える。化粧をしていないから雀斑《そばかす》が目立つが、手入れをしたらクールな印象の美女に仕上がりそうだ。束ねただけの髪だって、流行の形に結い上げれば――

「……王妃さま？　どうかなさいましたか？」

ぼんやりと考え込んでいたコーデリアは、その声ではっと現実に立ち戻る。

「申し訳ありません。わたしも少し、寝不足のようです。そうだわ、ターニャ。眠気覚ましに、一緒にお茶はいかがですか？」

ここ最近、よく顔を合わせているとはいえ、ターニャとはこの資料室以外で過ごしたことがない。ハンナに頼んで、中庭の四阿《あずまや》でティータイムはどうだろう。幸いにして、今日は天気も良い。

「お茶……というと、どこかほかの部屋へ行くことになりますか？」

何か気がかりでもあるのか、ターニャは躊躇《ちゅうちょ》を見せる。

「ええ、中庭はどうでしょう？　回廊の脇に、とてもすてきな四阿がありあります。あそこなら、陽射《ひざ》しも気持ち良いですよ」

室内がいやならばちょうどいいとばかりに、中庭の話をしてみたところ、いっそう相手の表情がこわばった。

「申し訳ありません。せっかくのお誘いですが、どうぞご容赦くださいませ」

「え……？」

「わたくしは、一介の司書でございます。王妃さまとお茶を同席するなど滅相もない。それに、この部屋にいれば――会わずに済みますが、回廊は聖堂にも通じていますし……」

語尾がどんどん途切れがちに、そして声も小さくなっていくのを見ていると、ターニャはほんとうに外へ出たくなさそうだ。

――聖堂に近づくのがいやということ……？

宮殿内の聖堂は、主にローレンス・ジョエル親子が取り仕切っている。ジョエルは、数年前まで教会本部にいたそうだが、ローレンスが体を壊してから、こちらに移ってきたそうだ。

「と、とにかく、わたくしは司祭さまに合わせる顔がないのです。王妃さまは陛下から何か聞き及んでいらっしゃるのかもしれませんが、どうぞわたくしのことは放っておいてくださいませ」

それまでとは違う、はっきりとした拒絶。驚いて、何を言おうか考えているコーデリアの耳に、ばたばたと忙しない足音が聞こえてきた。

——何かあったのかしら。

埃で汚れたドレスの裾を払って立ち上がったとき、廊下につながる扉が強くノックされた。返事を待たず、扉が開く。顔を出したのは、侍女のハンナだ。

「コーデリアさま！　こちらにいらっしゃったのですね。ああ、良かったです……！」

「どうかしたのですか、ハンナ？　そんなに慌てて……」

肩で息をするハンナに近づき、コーデリアはその背を撫でてやる。これほどまでに焦ったハンナの姿は見たことがない。

「聖堂に、暴漢が……！　わたしは居合わせなかったのですが、大司祭さまがお怪我をなさったとか……。コーデリアさまのお姿がなかったので、心配で心配で、宮殿中を探しまわりました」

「大司祭さまが……？　それで、ご容態はいかがなのですか？　犯人は？　ほかに被害にあった方は——」

バサバサ、ガタガタ、ガタン、と、奥の書棚から先ほどにも勝る大きな音が聞こえてきた。いつもは静かな資料室だが、今日はどうしたことだろうか。

「ジョエルは……？　司祭さまは、無事なのでしょうか……!?」

書棚にすがるようにして立つターニャが、今にも倒れそうなほど白い顔でハンナに問いかける。

「司祭さまはご無事のようです。大司祭さまが襲われたところを、なにやら司祭さまがお助けになったとか」

「ああ……、神よ………」

通路に崩折れたターニャが、がくりと頭《こうべ》を垂れた。

「ターニャ！　だいじょうぶですか、ターニャ？　――ハンナ、疲れているところを申し訳ないけれど、医務官を呼んでください。ターニャは先ほども頭を打っているので、診察してもらわなければ」

「かしこまりました、コーデリアさま」

聖堂の事件に、ターニャの失神。

何かが、コーデリアの知らないところで起こっている。けれど、凶事の原因もわからず、目の前の問題に対処するしかできない。

「ターニャ、ターニャ？　聞こえますか、ターニャ……」

膝に司書をもたれさせ、青ざめた彼女に呼びかける。

――大司祭さま、どうかご無事で……！

それからほどなくして、ハンナが医者を連れてきてくれた。ターニャは、貧血と睡眠不足のようだと聞いて、コーデリアはやっと胸をなでおろした。

夕方になって、大臣のひとりと騎士団長がコーデリアの部屋を訪れた。

ハンナがお茶を運んで部屋を辞したあと、大臣はおもむろに口を開く。

「このたびは、ご成婚間もない時期だというのに、宮殿内で恐ろしい事件があり、王妃さまもお心細くあられるかと存じます。お加減はいかがでしょうか？」

テーブルを挟んで、大臣と騎士団長に向かい合うコーデリアは、静かに首肯した。

「わたしは何も問題ありません。ですが、大司祭さまがお怪我をされたと聞いております。事件について、わかっていることをお聞かせいただいても？」

動揺をひた隠し、賢妃と呼ばれた母を思い出しながら話をする。自分のような小娘にかしこまることを、良く思わない男性とているだろう。今、対峙《たいじ》しているふたりがそうだというわけではない。必要以上に、権威を傘にきた態度を取ってはいけないことを知っているだけだ。

「それにつきましては――」

額の汗を拭う大臣が、ちらりと隣の騎士団長に目をやる。

「僭越《せんえつ》ながら、わたくしからご報告をば。まず、今回の事件の概要ですが――」

そこで語られたことによると、聖堂に押し入ったのは男性三名。彼らは、かつて教会本部に所属していた聖職者だというから驚きだ。

教会本部に問い合わせた結果、元聖職者たちはいずれも、民から不当に財産を没収したり、信仰の篤《あつ》い女性信者と姦淫《かんいん》に耽《ふけ》ったり、教会の資金を横領したりと、問題行動を理由にこの数カ月で除名された者たちだった。

彼らは、かつて大司祭ローレンスを師と仰ぎ、神学校で師事していた。現在でも、教会内で一目置かれるローレンスに口を利いてもらうことを目的に、宮殿へとやってきたという。

宮殿のある湖の中央へは、勝手に出入りができない。宮殿側から跳ね橋を下ろしてもらわねばならぬため、彼ら三人は騎士団入団試験に紛れ込んで侵入したのだ。

「面接の際、もっとしっかり身元を調べていれば、このようなことにはなりませんでした。今後、暴漢が紛れることなどないよう、身辺調査を行ったうえで、実技試験に進むよう、団でも対処を検討してまいります」

騎士団長は、屈強な体を小さくし、ひどく恐縮した様子で頭を下げる。

「陛下の御身に何かあってはたいへんですものね。けれど、騎士団の皆がアエリア宮殿を守ってくださっているのも事実です。どうか、頭を上げてくださいませ。そして、今回の事件の問題点を今後に活かしていきましょう」

「はっ！」

コーデリアの父より少し若いだろうかという騎士団長が、よく響く声で続きを語った。

宮殿内に入り込んだ元聖職者たちのなかに、以前、教会の使いで大司祭を訪ねたことがある者がいた。その者の手引きにより、彼らは迷うことなく聖堂へ到着し、居合わせた大司祭に泣きついたのだという。

しかし、当然ながら罪を犯した元教え子たちに、大司祭は首を縦に振らなかった。それどころか、教会の措置は手ぬるいとまで、ローレンスは言ったらしい。神の教えを守って生きていくことは、聖職者にとって呼吸をするのと同じこと。まして、民や民の財産を食い物にした罪は重いと説いたそうだ。

そこでローレンスと元聖職者たちは口論となり、激昂《げっこう》したひとりが隠し持っていた短剣で斬りかかった。ローレンスは、身を守るために手で防御をし、両腕と、肩から胸にかけて怪我を負ったそうだが、幸いなことに命に別状はないという。

そこまで聞いて、コーデリアは大きく息を吐いた。

「良かった……。大司祭さまがご無事で、ほんとうに良かったです……！」

自分で思っていたよりも緊張していたのか、人前だというのに安堵《あんど》で涙が浮かんでくる。

神に仕える者と、かつて神に仕えた者が諍《いさか》い、流血沙汰になったのだ。まして、怪我をしたのはコーデリアも知るローレンス。彼は、知り合って間もないコーデリアにもわかるほど、高潔な人格者であり、その威厳ある佇《たたず》まいを見るたび、背筋が伸びる思いがする。

「ええ、ローレンスどのは神職に就く身ながら、心身の鍛錬にも積極的なお方です。此度《こたび》の怪我に関しても、医務官が驚くほど浅く、これはひとえに筋肉が防具代わりになったのだと聞いております」

ローレンスの、がっしりとした肩や厚い胸板を思い出し、コーデリアは二度三度と頷《うなず》いた。

その後、防御一辺倒のローレンスだったが、異変に気づいたジョエルが聖堂に駆け込み、元聖職者たちから大司祭を守ったのだという。

父親と比べて、ほっそりした優男に見えたジョエルだが、ひとは見かけによらないらしい。あるいは父の危機にあって、ものすごい力を発揮したのか。

騒ぎを聞きつけ騎士団員たちも聖堂に向かい、暴漢一派はあえなく捕らえられた。いったんは、騎士団の詰め所で話を聞いたあと、彼らは宮殿地下にある牢《ろう》へ移されたそうだ。

話し終えると、大臣と騎士団長はふたりそろって深々と頭を下げ、何度も何度も謝罪をし、コーデリアの部屋をあとにした。

しばしの間、呆然《ぼうぜん》となり、今聞いた事件のあらましに心を痛めていたコーデリアだったが、ハンナを呼んでローレンスへの見舞い品を手配するよう頼んだ。

ヒューバートは、きっと今ごろ、事件への対処に追われているに違いない。彼のことも心配だが、怪我をしたローレンスの様子が気にかかる。

――そういえば……

そして、思い出したのはターニャのことだった。もう、目を覚ましただろうか。意識を失う前、彼女もずいぶん取り乱していたように記憶している。

様子を見に行ってみようか。そう思ったが、ハンナが戻るまでは部屋を出ないほうがいいと、浮かしかけた腰を長椅子に下ろす。ひとりで勝手に行動しては、側仕えのハンナに心配をかけるというものだ。特に、今日はあんな事件があった直後なのだから、不用意な行動は避けてしかるべきというもの。

いつの間にか、窓の外は暗くなっていた。

空に浮かんだ三日月が、湖面にゆらりとにじんでいる。

コーデリアは、心を落ち着かせるために、とレターボックスを取り出した。そこには、母からもらった指南書のほかに、ヒューバートからの手紙が二通、そして彼がくれた手作りの笛がしまってある。

「……今夜の儀式は中止でしょうね」

横笛を手にすると、コーデリアはじっとそれを見つめた。

――大司祭さまが、どうか少しでも早く回復されますように。

心を込めて、コーデリアは月に祈る。そして、願わくばこのような事件が二度と起こらぬよう、誰もが幸せに暮らせるよう、王と王家とこの国の民たちのために祈った。

王族として育ち、王妃としてこの国へ来たというのに、自分のことばかり考えていた。初恋に夢中だった、愚かな自分をコーデリアは戒める。

――今のわたしがすべきことは、ヒューに迫ることでもなければ、ターニャとの関係を疑うことでもない。この国のひとたちのために何ができるかを考えること。そして、ヒューの王政に少しでも協力すること……

恥ずかしいほど、恋に溺れていた。

今回の事件がなければ、きっとさらなる深みに落ちていただろう。

しかし、もう目は覚めた――と思いたい。少なくとも、今のコーデリアは、ターニャへの嫉妬を感じていないのだ。ただ、彼女の容態が気にかかる。

ほどなくして、ハンナが戻ってくると、ふたりはターニャの自室を訪ねた。宮殿には、そこで働く者たちの部屋も備わっている。

しかし、部屋を訪《おとな》ったとき、ターニャはすやすやと寝息を立てていた。隣室の侍女によれば、一度目を覚ましたターニャは、事件について根掘り葉掘り聞いてきて、ひとしきり状況を把握すると、お腹《なか》いっぱい食事をしてから、また眠ってしまったのだという。

「まあ、そうだったのですね。おいしく食事をできるなら、ずいぶん回復しているようで安心しました」

ほっとひと息つくと、自分が空腹なことに気がついた。きっと、ターニャもこんな心境だったのだろう。

コーデリアは、ターニャの隣室の女性に見舞いの果物を分けて、話を聞かせてくれたお礼を告げると居室へ戻る。

　廊下を歩いている間、お腹の虫が鳴きませんように、と祈って歩いた。


　その夜、寝台に横たわり、とろりとまぶたを甘やかす眠気に身を任せたところまでは覚えている。

　――……笛の……音……？


　夢か現か、どこからともなく優しい笛の音が聞こえてきて、コーデリアは目を開けた。まだ窓の外は夜の帳《とばり》に包まれている。しかし、月の位置を見るからに、明け方にも近い時間だろう。

　またぞろ、とろとろと眠りに落ちかけたとき、やはりその音色は聞こえてくる。気のせいではない。コーデリアは、今度はぱっちりと目を開けて、上半身を起こした。

「……ヒュー？」

　ここで呼びかけたとて、遠くかすかに聞こえる笛の主に届くわけはないのだが、つい彼の名を口にする。

　もしかしたら、昨日の事件について彼はつらい思いをしているのかもしれない。

　国王であるヒューバートに非があるわけではないが、同時にこの宮殿の、この国の、すべての最高責任者でもあるのだ。誠実な彼が、何も気にせずいられるとは考えにくかった。

　コーデリアは室内履きに足を入れると、厚手のガウンを選んで腕をとおす。このまま、眠っていてはいけない気がした。彼が悩んでいるならば、その悩みを半分背負いたい。彼が苦しんでいるならば、その苦しみを半分受け持ちたい。彼が泣いているならば――そう考えて、強く逞《たくま》しいヒューバートの泣き顔は想像できないことに気づく。

夜中に部屋を抜け出すことに、いつしか慣れてしまった。コーデリアは手燭に灯《あか》りをともすと、廊下の様子を窺《うかが》ってから居室を出る。

いつもならば、バルコニーで吹く笛の音は、廊下に出てもよく聞こえていた。けれど、今夜は音の在《あ》り処《か》がわからなくなる。

――どこか、違う場所で吹いているのかもしれないわ。

薄明かりのなかを、コーデリアはひとり、歩いていく。宮殿内は、しんと静まり返っていた。無理もない。すでに明け方近い時刻だ。宵っ張りの強者《つわもの》でも、さすがに眠りに就いているころだろう。

――ヒュー、どこにいるの？　あなたは今、何を考えているの？

半刻は歩き回っただろうか。次第に、空が白んでくる。もしかしたら、もうヒューバートも部屋に帰ってしまったのではないだろうか。そう思ったとき、ぎい、と扉が開閉する音が聞こえてきた。

回廊を歩いていたコーデリアが振り返ると、聖堂の両開きの扉がわずかに隙間を開けている。ぞくりと背筋が震えた。

事件のあった場所に、誰かがいる。それは、ひどく不吉なことにも思えた。しかし、ヒューバートが聖堂にいる可能性も否定できない。建物のなかで笛を吹いていたとすれば、その音が宮殿内に聞こえにくいのも腑《ふ》に落ちる。

心の底に、わずかな恐怖。

そして、底から見上げた透明な空に浮かぶ希望。

コーデリアは、意を決して聖堂へ足を向けた。

「――……ヒュー？　ここにいるのですか？」

天井のステンドグラスから、かすかに光が入ってきてはいるものの、聖堂のなかは暗い。手燭の灯りを頼りに、コーデリアは目を凝らす。

ぷんと酒の香りが鼻をついて、顔をしかめた。聖なる場所で、酒類を飲むなど滅相もないことだ。通常、教会や聖堂とアルコールは、もっとも遠い場所にある認識だった。

――……誰か、いる。

木でできた長椅子に、人影が動くのを見て、コーデリアは息を詰める。

まさか、昨日の今日で暴漢が再度ここにやってきているとは考えにくいが、深夜――すでに明け方だというのに、聖堂で酒を嗜《たしな》む趣味の人間がいるとも考えにくい。少なくとも、ヒューバートではないだろう。

行くか、戻るか。

好奇心旺盛なコーデリアだが、ここは騎士団の詰め所へ行って、事情を説明したほうがいいと冷静になる。

そのときだった。

「――……ターニャ、どうして……？　オレじゃ……駄目なのか……？」

思いもよらない声が、聞こえてきた。聞き間違いではなく、それはジョエルの声だった。

目をぱちくりさせたコーデリアは、それまでのことも忘れて、慌てて長椅子へ駆け寄る。

「うう……ん……」

そこで、聖衣を着たまま、酒のボトルを抱いて横になっているジョエルを見つけた。

いつもは結んでいる髪が長椅子の座面に広がり、床まで届きそうになっている。なぜ、こんなところで？　しかし、答えは明白だ。ジョエルにとってここは、父を傷つけられた場所であり、父がいつも働いていた場所なのだろう。

覚えがある。幼いころに母が体調を崩し、しばらく寝室から顔を出さない時期があった。その間、コーデリアも今のジョエルと同じように、母のお気に入りの花壇に入り浸っていた。だからといって、酒を飲んだりはしなかったけれど。

「司祭さま、司祭さま……？　こんなところで寝ていては、風邪をひきますよ」

横たわるジョエルの肩を、ぽんぽんと軽く叩《たた》いてみる。しかし、酔っぱらいは目を覚ます気配がない。

コーデリアはもう一度、今度は少し大きな声で呼びかける。

「司祭さま――ジョエルさま、起きてください」

「――……ター……ニャ……？」

焦点の合わない目は、目の前にいるコーデリアではなく、彼の夢のなかの女性――ターニャを見ているらしい。

「わたしはコーデリアです。ターニャではありませんが、ここで寝ていたら体も痛くなりますし、何よりお風邪を……きゃあっ‼」

「ターニャ、ターニャ……！」

酔って寝ぼけているからといって、ジョエルは男性。その腕力は、コーデリアが敵うものではない。突然に抱きつかれて、逃げようとしたところを床に押し倒される。

「――……ターニャ、どうして……？　オレじゃ駄目なのか……？」

「あの……司祭さま……、お、重いです……！」

母親にすがる子どものように、ジョエルが全身で抱きついてきた。異性としての危険は感じないのだが、いかんせん体格の差が大きいため、このまま押しつぶされてしまいそうだ。

――きっと、ジョエルさまとお呼びしたのがいけなかったのね。ターニャは、司祭さまとは呼ばないもの。

不意に、貧血で倒れる直前のターニャの言葉を思い出す。彼女はあのとき、ジョエルを心配していなかっただろうか。

――……まさか、まさかとは思うけれど……

ジョエルが、ターニャを想っていることは間違いない。そして、そのジョエルはターニャがヒューバートに恋していると思っていた。ヒューバートの妻であるコーデリアに想《おも》いあうふたりの邪魔をするなと釘《くぎ》を刺すほどだから、彼はそう信じているのだろう。

――もし、ターニャも司祭さまを想っているとしたら？　司祭さまが言っていた、ヒューとターニャがお互いに愛しあっているというのは、勘違いの可能性もある。

「あ、あの、司祭さま、ほんとうにこの体勢はつらいのですが……！」

背中が床にみっしりと押しつけられていては、まとまる考えもまとまらなくなる。コーデリアが、懸命にジョエルを押しやろうとしていると、こんな時間に足音が聞こえてきた。

一瞬で、頭から血が引いていく。

いくら事情があると説明しようと、人目を忍んだと思われておかしくない時間と場所、さらにはこんな体勢で、ジョエルとコーデリアの関係を誤解されないはずがない。

「司祭さまっ、お願いですから、起きてくださ……」

コツコツと、長靴《ちょうか》の踵《かかと》を鳴らす音が近づいてくる。

「お願いです、司祭さまっ」

無声音で何度呼びかけたところで、普通に声をかけても気づかないジョエルが、目を覚ますはずもなく。

コーデリアは、両腕に力を込めて、全力でジョエルを押しやった。しかし、いったん上半身を浮かせた彼は、反動でどさっとコーデリアのうえに身を投げ出す。

万事休す。コーデリアは、強く胸を打って咳《せ》き込《こ》んだ。

「――……これは、どういうことだ、コーデリア？」

現れたのは、国王陛下。コーデリアの夫である、ヒューバートだった。

――ああ、良かった。ヒューなら、きっと説明すればわかってくれる。ほかの誰かにこんな姿を見られたら、大事《おおごと》になるところだったわ。

闖入者《ちんにゅうしゃ》の顔を見て安心するなどおかしな話だが、まさにコーデリアは心から安堵していた。

そう、なにせ彼女は今、ジョエルに押し倒された格好なのである。このような場面を目撃した第三者がいた場合、どう言い繕っても、ふたりが男女の仲だと思われかねない。

「ヒュー、ちょうどいいところに来てくださいました。あの、たいへん申し訳ないのですが、司祭さまを動かすのを手伝っていただけませんか？」

渡りに船とばかりに、コーデリアは夫に声をかける。しかし、聖堂内が暗いせいか、ヒューバートがどんな表情をしているかは見えない。彼は顎を引き、何事かを考えているように見える。

「…………私は、どういうことか尋ねたのだが？」

地の底から響く、低い声。その声に、コーデリアはびくりと体が震えた。

「申し開きのひとつもないということか？」

顔を上げ、こちらを睨《ね》めつける彼の目は、見知らぬひとのように冷たい。それでいながら、煌々《こうこう》と怒りの炎が揺らいでいた。

「偶然、聖堂の扉が開いているのを目撃いたしまして、様子を確認に参りました。司祭さまがお酒を召して眠っていらっしゃったので、起きてくださるよう声をかけていたのですが――」

説明を先にしなければ。

コーデリアはひどい体勢のまま、必死に事情を話そうとした。ところが、話が終わるよりも早く、ヒューバートはジョエルの体をぐいと持ち上げる。こんなときだというのに、成人男性をいともたやすく担ぐ、夫の逞しさに目を奪われそうになった。

やっと重石《おもし》を除《の》けてもらったコーデリアは、自らも床に手をついて立ち上がる。ジョエルが容赦なく体重をかけてきたため、胸や腰が痛んだ。

「ありがとうございます。自力ではどうにもならず、ヒューが来てくださらなかったら――」

「私が来なければ、ジョエルに抱かれるつもりだったとでも言う気なのか！」

聖堂内に響きわたる、大きな声だった。高い天井のステンドグラスすらも震わせるほどの声に、コーデリアは体が硬直した。これほど怒りをあらわにするヒューバートの姿は、今まで見たことがない。

「そ……そんなつもりは………」

弁明しようと思っているのに、息が苦しくて声が震える。指先が、ひどく冷たくなっていた。

「どうやら、わかっていないようだな。男と女の力の差が、いかなるものか。ならば、私が教えてやろう。そうだ、私はあなたの夫なのだから、ほかの誰でもなく私が教えてやらなくてはいかんのだな」

仄暗《ほのぐら》さを孕《はら》んだ声で、ヒューバートが自分に言い聞かせるようにそう言う。

何をしようとしているのかわからないのに、コーデリアの体は本能的な恐怖に支配されていた。

凍りつくコーデリアの手首を、ヒューバートが強くつかんだ。そして、次の瞬間、体がふわりと宙に浮く。何度も経験したから、わかる。彼が自分を担ぎ上げたのだ。

「ま、待ってください。どこへ行くのですか？　司祭さまを放っておいては風邪を……」

「黙れ！　今は、ジョエルのことなど聞きたくない‼」

大股で聖堂を突っ切るヒューバートが、尖《とが》った声音とは裏腹に優しい手つきで体を支えてくれている。それが、今はひどく悲しく思えてきた。

回廊を歩き、吹き抜けの中央階段も通り過ぎ、彼はまだ足を止めない。

その先には、たしか小さな裏庭がある。宮殿を案内されたときに一度だけ足を踏み入れた。

建物の構造上、四方を壁に囲まれた場所で、裏庭といっても石畳が敷かれた不思議な空間だ。

陽光がほとんど届かないため、花壇もない。その代わりといってはなんだが、石畳には様々な色が取り入れられ、模細工模様を成している。

中央には、ぽつんと物悲しげに小さな四阿が建ち、白い屋根がほのかに光って見えた。

「なぜこんなところに……？」

四阿の冷たい大理石のテーブルに下ろされて、コーデリアは体勢を立て直そうとする。しかし、それをとどめるように、両脚の間にヒューバートが腰を押し込んできた。

ぶるっと肩が震える。こちらを見下ろす彼の目は、何を考えているのかわからない。空虚だ。からっぽの瞳のまま、ヒューバートは無言でコーデリアの夜着に手をかけた。襟ぐりを左右の大きな手でつかむと、一切の躊躇なく引き裂く。布の破れる音が、現実ではないように聞こえた。

「ヒュ、ヒュー⁉　やめてください……っ」

夜気にさらされた胸が、快楽とは別の理由で頂《いただき》を凝らせる。テーブルに座った体勢で、後ろに手をついて、コーデリアが上半身を捩《よじ》ろうとした。けれど、それを許さぬとばかりに、ヒューバートが白肌に吸いついてくる。

「や……、痛っ……！」

胸の膨らみに、噛みつくようなキス。歯を立てられて、舌でなぞられて、甘く吸いあげられて。強引すぎる愛撫《あいぶ》に、次第に体が反応を見せはじめる。

「い、や……っ、こんなところで、やめて、ヒュー、やめてください……」

　こんな場所へ早朝から足を運ぶ者は、そういるまい。それがわかっていても、誰かに見られたらと思うと、コーデリアは泣きたくなる。

「こうでもしなければ、あなたはわからないのだろう？　心優しいコーデリア。それとも、あなたは人前で淫らな行為をするのに、興奮するのだろうか。だから、あなたの痴態を知るジョエルとふたりきりになって、押し倒されたりしても平気でいられるのだな」

「まさか、そんな……、あっ、あぁ……！」

　やわらかな内腿《うちもも》を、彼の右手が這《は》い上《あ》がってきた。夜着の裾は腰までめくられ、テーブルに触れている肌がひどく冷たい。

「ああ、そうだ。ここならば、誰かが廊下を通るときに見られてもおかしくない。望むなら、コーデリアのために観客を用意してもいいのだぞ。そうすれば、あなたは私に抱かれたいと思ってくれるのだろう？」

　考えもよらぬ提案に、コーデリアはぐっと奥歯を噛みしめて、ヒューバートを睨みつける。自分が、人前で痴態をさらすことを望んでいるなど、彼が本気で考えているはずはない。

　――聖堂へ行ったのだって、ヒューの笛の音を追いかけてのことだったのに……。

　それを伝えなくては、とコーデリアは思い出した。ヒューバートのことが心配で、彼を探して部屋を出たのだ。それが、偶然、ジョエルに会った。いや、正しくは会ったとさえ言えない。

向こうは自分をターニャと勘違いしていたのだから。

「聞いてください、ヒュー。わたしは……あっ、あ、そこ、いやっ……！」

下着の脇から強引に指を割り込ませ、ヒューバートがコーデリアの柔肉をなぞっていく。

その部分に触れられると、腰から甘い痺《しび》れが背骨を伝い、何をしようとしていたのかも忘れてしまう。

「いやだと？　何がいやなんだ？　ほら、あなたの体はもう濡れてきている。こんなにも私の指を濡らしているくせに、どの口がいやだと言ったのやら」

嘲笑を唇に浮かべ、ヒューバートは容赦なく亀裂を指先で弄《まさぐ》る。花芽をかすめるたび、びくびくと腰が跳ねた。

「ち、違……っ……、あっ、あ、駄目、駄目ですっ……」

白い肌が、ぽっと赤くなる。すでに、腰の奥は淫らな熱に浮かされ、蜜口はしとどに濡れてきていた。

「——優しくなど、しなければよかった。あなたをもっと早くに奪っていれば……」

苦しげな声でそう言った彼の中指が、唐突に体のなかへ埋め込まれる。

たっぷりと濡れているとはいえ、純潔の隘《あい》路《ろ》は異物の存在にひどく怯《おび》えていた。

一瞬、何が起こったのかわからず、コーデリアは目を見開いてヒューバートを見つめる。

信じられない。彼は今、コーデリアの純潔を散らそうとしているのだろうか。こんなときに、こんな場所で――

体の内側をなぞられる感覚に、声すら出ない。まるで心に直接触れられているような気がする。敏感な粘膜がひりついて、自分のなかへと侵入してきた彼の指を締めつけた。

「ぃ、痛……っ……、は、ぁ……っ……」

やっとの思いで息を吐くと、同時に声がこぼれる。鈍痛とも痛痒《つうよう》とも判別しがたい、奇妙な感覚が腰のなかに渦を巻いた。

「まだ、一本しか挿《い》れていないのに、痛むのか……？」

残酷なまでの空虚さで、コーデリアを追い詰めていたヒューバートの瞳に、かすかに戸惑いが揺らぐ。それを見て、彼は彼だと感じた。信じられた。

――わたしが迂闊《うかつ》だったから、ヒューバートは不快な思いをした。それなのに、謝るどころか司祭さまのことばかり気にしていただなんて、夫であるヒューバートが怒るのも当たり前だわ。

熱に浮かされた体とは裏腹に、頭のどこかが冷静さを取り戻した。ヒューバートの目に、自分が映っていることを実感できたからなのかもしれない。

「――……ヒューの好きに、してください……」

疼く痛みをこらえて、コーデリアは夫の腕に手を添えた。

「コーデリア……？」

「あなたには、わたしを自由にする権利があります。たとえ、この行為に気持ちがなくとも、わたしは――……」

わたしは、あなたを愛してしまったのだから。

声にならない心が、涙となって頬を伝った。ヒューバートが、何かを振り切るように首を横に振る。

「駄目だ！　あなたの気持ちがほかの男に向くことなど、どうあっても許せない‼」

じゅぷ、と体の内側から音がした。二本目の指が、突き入れられたのだ。

「ひっ……、あ、ゃぁ……っ！」

今度こそ、コーデリアは痛みに全身を震わせた。中指だけのときとは違い、内から体を押し広げられる。力強い指が、甘濡れの粘膜をあばいていく。

――違う、わたしの気持ちはあなたのもの。この行為に気持ちがないというのは、わたしではなくヒューのことを言っているつもりだったのに……

「コーデリア、私のコーデリア……。あなたは、私の妻だろう？　ほかの男のことなど、考えさせたくない。私のことで、心をすべて満たしてしまえたらいいのに……！」

ゆっくりと、彼の指が抽送を始めた。指二本分、押し広げられた蜜口が、きゅうっと狭まって指の動きを押しとどめようとする。けれど、か弱い制止など物ともせず、ヒューバートの指はコーデリアを抉《えぐ》った。

「ああっ、やめて、やめてくださ……っ……」

「私のものだ。あなたの心も、体も、何もかも……！」

泣き声を奪うように、唇が塞がれる。

舌と舌が絡みあい、下腹部から蜜音に似た音が生まれていく。

抉られるたび、腰の奥に熱くなる体。それなのに、彼と共に達したときとは、何かが違う。

明確な痛みが、コーデリアの快感をその先まで行かせまいと阻んでいた。

「んっ……、ん、ぅ……」

いつまでたっても慣れない、体のなかで蠢《うごめ》く彼の指を咥《くわ》え込んだまま、コーデリアはキスに目を閉じた。頬を伝う涙が、ふたりの唇を濡らす。

「コーデリア、コーデリア……」

――そんなに悲しい声でわたしを呼ばないで。

――ヒュー、あなたは何か勘違いをしているの。

――だって、わたしは――……

想いは伝わることなく、体だけが熱くなる。持て余す熱と、果てないキス。

冷たくなったつま先から、室内履きが脱げてしまう。

コーデリアが泣き声をあげることさえ忘れるまで、ヒューバートはキスをやめなかった。

四角く切り取られた頭上の空が、朝の色に染まるころ、ぐったりと力の抜けた王妃の体をフロックコートで包み、歴戦の騎士王は裏庭をあとにする。その腕に、涙のあとの残る幼いコーデリアを抱いて——

# 第四章　ベッドで苺《いちご》のくちづけを

甘い恋に憧れたことは、なかった。

少なくとも、自覚してはいなかったと思う。

自分の立場をわきまえ、王女として生きることが、コーデリアの人生のはずだった。大国エランゼの王との縁談が決まったときにも、特別な感慨はなかったし、だからといって抵抗する気持ちもなかった。

それが、今では自分という存在が作り変えられてしまったように思うだなんて、恋は恐ろしい。

壁の燭台《しょくだい》がひとつだけ灯《とも》る寝室で、白い裸体をくねらせる。今の自分は、恋を知らなかったかつての自分とほんとうに同一人物なのだろうか。

「……っ、は……っ、あ、ゃ、やめ……っ……」

薄く汗ばんだ肌が、ほのかな灯りのなかでは淫靡《いんび》さを増す。膝立ちで上半身を前に倒し、枕にしがみつくコーデリアが、恥じらいと快楽に腰を揺らした。

「ほら、あなたはまた嘘《うそ》をついた。コーデリア、ちゃんと言ってごらん。『やめて』ではないだろう。『もっとして』だな？」

濡れに濡れた秘処に、二本の指が出入りする。小さな蜜口が目一杯に広げられ、節の張ったヒューバートの指は、根元どころか手のひらまで濡れていた。

前髪をひたいに張りつかせ、コーデリアはか弱く首を横に振る。もう、この行為がどれだけ続いているかもわからない。

「やめたら、この疼《うず》いているところがかわいそうだとは思わんのか？　私の指を食いしめて、嬉しそうに震えているぞ」

「違います……っ……、あっ、ぁ……！」

きゅう、と奥が狭まれば、ヒューバートは第一関節まで引き抜いて、浅瀬をぐるりと撫《な》でる。達しそうになるたびに動きを緩められ、果てることもままならない。

あの日の明け方――

裏庭の四阿で愛されて以来、コーデリアだけではなくヒューバートも変わってしまった。

彼は毎夜、コーデリアの寝室へやってきては、その体を甘く蕩《とろ》けさせる。指で、唇で、舌で、ときにははちきれそうに膨らんだ自らの劣情で、未《いま》だ処女の隘路を翻弄するのだ。

――なのに、なぜ最後まではしてくださらないの……？

さすがに、コーデリアとてここまでされて自分が純潔だと言い張る自信はない。いっそ、彼が慾望のままに奪ってくれればと思うこともあるほどだ。

大司祭が怪我のため、再度の初夜の儀式が延期されている現状、本来ならば未だ結ばれていない王と王妃が夜を過ごすことは許されない。規律に従い、王妃とするためだけに純潔を守るだなんて、ヒューバートは自分を求めてくれていないのだろうか。

入り口付近をなぞっていた指が、ちゅぽんっ、と音を立てて引き抜かれた。それまで、達することはできずとも、長く緩やかな快楽にたゆたっていた体は、寂しさからか腰が大きく揺れる。

「っ……、ぁ、あ…………」

安堵とも物足りなさとも言えない感覚が、腰まわりにまとわりついた。枕に顔を埋めたコーデリアの体が、すぐさま裏返される。

「ん、ヒュー、今夜はもう……」

彼に初めて触れられたときより、ずっと敏感になった体は、至るところがヒューバートによって慣らされていた。感じすぎると痛くなる小さな乳首も、ねっとり舐《な》められると全身が粟立《あわだ》つ脇も、舌先でちろちろと舐められるだけで果ててしまう花芽も、今ではキスひとつで濡れる佚楽《いつらく》の空洞も——

「——疲れたか?」

大きな手が、コーデリアの頭を撫でてくれる。はしたないことをさんざん強要しておきながら、ヒューバートの優しさは変わることがない。

「はい、少し……」

数時間にわたって喘《あえ》いだ喉は、声が嗄《か》れている。体を起こし、むせたコーデリアの前に、銀のトレイが差し出された。

上掛けを体に巻いてから、同じく銀の蓋をそっとはずしてみる。すると、宝石のようなイチゴが並んでいた。

「ヒュー、これは……？」

「朝採りのイチゴだ。あなたの国では、果物を多く食べると聞いている。喉が渇いただろう？」

「ありがとう……ございます」

まだ気怠《けだる》さの残るコーデリアは、右手を出しかける。しかし、彼女の指がイチゴをつまむより先に、ヒューバートがひょいと取り上げた。

「口を開けてごらん」

「え……？　じ、自分で食べられます」

「かわいい子猫に餌付けをしたくなった。もっとも、猫は肉食だからな。イチゴでは満足しないかもしれんが」

目を細めた彼が、楽しげに笑う。

——……こうしていると、先ほどまでの行為が嘘のよう。

寝台にコーデリアを押し倒し、乱暴なほどの強引さで体をあばいておきながら、それ以外のときには優しい夫であり続けるヒューバート。彼は、いったい何を考えているのだろうか。

「コーデリア？」

寝台に腰を下ろしたヒューバートが、考えあぐねる自分にイチゴを差し出してくる。

餌付けというからには、これを手で受け取って食べてはいけないのだろう。おそらく、彼が望んでいるのは——

「……いただきます」

長い金色の睫毛を伏せて、コーデリアは口を開けた。もっといやらしいことを、もっともっと恥ずかしいことを、今までヒューバートにされていたというのに、今は彼の手ずから果実を食べることのほうがよほどはしたなく思える。

ええいままよ、とイチゴの先端に歯を立てると、じゅわりと果汁が滴った。

「んっ……冷たいです……！」

わずかばかりを口に入れ、コーデリアは右手で口元を押さえる。

懐かしむほど遠い昔ではないけれど、それでも生国を離れてから、確実に時間は過ぎていた。

甘酸っぱい果実は、故郷の味。

「もっと食べて、体を休めねばな。あとで大事な話が——……コーデリア⁉」

彼の動揺した声に、不思議な気持ちでその緑色の瞳を見つめる。すると、どうしたことだろう。ヒューバートの姿がにじんで見えた。

「あら……？　わたし、どうして……」

口に当てていた手に、ぬるい水滴が触れる。考えるまでもなく、それは目からこぼれていた。

気づかぬうちは、感じずにいられる。

寂しい、悲しい、心細い。

けれど、気づいてしまえば知らないふりもできなくなる。

恋しい、愛《いと》しい、そばにいたい。

生まれ育った故郷の味を口にしたことで、胸の奥にためこんだ感情が堰《せき》を切ってあふれ出す。止《と》め処《ど》なく滴る涙を、幾度も指で拭うけれど、次第に息が乱れてしゃくりあげたころには、泣いている理由もわからないのに不安で仕方なくなってくる。

「……すまない。あなたはまだ、たった十七歳だというのに」

銀の皿を寝台に置いて、ヒューバートが両腕をまわしてきた。ほっそりとした体が、その胸に包まれる。

「ヒュー、わたし……、うっ、うぅ、な、泣きたくなんか……ないのに……っ」

裸の背に、彼の大きな手のひらがあたたかい。ヒックヒックと断続的に震えるコーデリアを、慰める優しい手。

「無理をしなくていい。あなたを罰するつもりで、この可憐《かれん》な体に酔いしれていた私のせいだ。……罰なぞ、ほんとうは最初から必要なかった。誤解だと、わかっていたのだからな」

連夜の淫らな秘め事は、仕置きだと言い聞かされていた。実際、コーデリアがジョエルを心配したのは事実である。未明に男性とふたりきりになり、あまつさえ押し倒された体勢でいたのだから、罪深いことだというのは理解している。

コーデリアは、長い金髪を揺らして頭《かぶり》を振った。

「わ、わたしがいけないのです。ヒューに、誤解をさせるような行動をしましたから……」

すん、と鼻をすすると、彼の左手が頭に移動する。その手で頭を撫でられて、いっそう強く抱きあった。

「――あなたがジョエルに組み敷かれて見えた瞬間から、頭がおかしくなった。私だけの小さなかわいらしい花嫁。コーデリアは無垢《むく》で素直で前向きで、不貞をはたらいたりするわけがないとわかっていたのに」

「ですから、それはわたしが……」

勢いよく顔を上げかけたところ、額にガツッと何かがぶつかる。

「っっ……！」

両手でおでこを押さえたとき、頭上からも「ぐ……ぅぅ……」とうなる声が聞こえてきた。

コーデリアの額とヒューバートの顎が、思い切りぶつかったらしい。額に手を当てたまま、おそるおそる彼を覗《のぞ》き見《み》れば、痛そうに顎を撫でさすってはいるけれど、やけに優しい目がこちらを見つめている。

「……痛い目を見たのは、お互いに悪いところがあったからだということにはできないだろうか？」

「ヒュー……？」

まだ、頬には涙のすじが残っていた。けれど、コーデリアの表情が瞬時に明るくなる。

——悪いところ、ヒューにもあったかしら？　いいえ、お互いに悪いところがあったことにして、仲直りをしようと言ってくれているのに、そんなことを言い出したらいけないわ。

額から手を下ろし、コーデリアはじっとヒューバートを見つめて、彼の大きな手に自分の手を添える。

「痛い思いをさせてしまって、申し訳ありません。わたし、じつは石頭なんです。あの……傷ができていないか、見せていただいてもいいでしょうか？」

「ああ、頼む」

彼が手を離したのを見計らって、自分から顔を寄せた。仲直りを提案してくれたヒューバートに、きちんと想いを伝えたかった。

「コーデリ……んっ……!?」

目をむく彼の唇に、自分の唇を重ねる。

顎にぶつからないよう、最新の注意を払ったキスだ。だが、彼がくれるキスのように舌を絡ませるまではできない。そこには、コーデリアなりに恥じらいが存在するのだ。

「………わたしは、ヒューと結婚できて嬉しいです」

キスをやめると、ヒューバートが目を丸くしていた。

――正直に、自分の気持ちを伝えて、そのうえでこれからも仲良くしたいと思ってもらいたい。

コーデリアは唇をちろりと舐めて、ただまっすぐに夫を見つめる。

「あなたが、大国の王だから嬉しいのではありません。でも、あなたがエランゼの王であってくれたことに感謝はしています。だって、もしもあなたがエランゼの王でなければ、きっとわたしはヒューと結婚できなかったから――」

そこまでひと息に告げると、ヒューバートがそっと手を握ってくれた。

彼にも、伝わっている。

コーデリアが、ヒューバートだけに伝えたい想いを胸に抱えていることが。

「……続きを聞かせてくれ」

こくんと頷いて、彼の手を握り返す。

「最初は、国の決めた縁談としか思っていませんでした。わたしは、生まれてこのかた、恋をしたこともなく、自由恋愛だなんて望んだこともなかったんです。それでも――あなたと出会って、あなたの優しい笛の音を聞いて、そしてあなたと共に過ごすうちに、心は愛情で満たされていきました」

初めてこの国へ来た夜、ヒューバートと出会えたことを思い出すと、胸の奥がぽっとあたたかくなる。

初めての抱擁、初めてのキス、初めてだらけのコーデリアでもわかる、初めての恋。

「……ですので、もしもヒューがわたしと結婚したことを悔いていて、ほかに想う女性がいるとしても、わたしは幸せです。あなたと出会えたことがわたしの生きる喜びなんです。ヒューを束縛するつもりはありません。それに、あなたになら何をされても構わないんです。ですからどうか、あなたのそばにいさせてください」

「コーデリア……」

精悍《せいかん》な大人の男らしさは、彼の表情から完全に消《き》え失《う》せていた。残されたのは、困惑。

――伝わらなかった……？

彼が、ターニャを想っているかどうかは、ほんとうのところ確認するすべがない。だから、ヒューバートの気持ちが誰を向いていても、彼を見つめていることを許してほしいと言ったつもりだ。

――それとも、そばにいたいというのは、こういう場合、ずうずうしい発言なのかしら。

そんなことを考えていたら、急に上掛けを剝《は》ぎ取《と》られた。返事もなしに、いきなりだ。

「えっ……あ、ヒュー、どうして……っ」

「……これが答えだ」

左胸の膨らみに、彼は噛みつくようなキスをする。獣《けもの》のように激しく、けれどその唇はひたすらに優しく。

「ん……っ……！」

白肌を強く吸われて、コーデリアは小さくうめいた。やわらかな皮膚を、大きく開けた口で食べるように、ヒューバートが軽く歯を立てる。

――……これが……答え……？

おとなしくなっていたはずの胸の先が、甘い疼きを訴えた。今、キスされているのはそこではない。それなのに、彼のくちづけを欲してみだりがましく屹立《きつりつ》する。

ぷはっと音を立てて、ヒューバートが胸から唇を離した。唾液に濡れた肌を、彼が指先で拭う。残されたのは、赤い花のような痕。

「私は、無骨な男だ。幼くして母を亡くし、二十代で父を亡くし、即位を余儀なくされた。無論、この国の礎《いしずえ》となることを厭《いと》うわけではない。だが、王となったそのときに、神前で誓いを立てた」

「誓い……ですか？」

なお続く、彼の『答え』に、コーデリアは真剣に聞き入る。

今まで、一度たりとてヒューバートから語られたことのない、彼の過去についての話だった。

「そうだ。当時、大陸内は国家間の争いが続いていた。国と国が争うことで、多くの民が無辜《むこ》の命を落としていく。自国のみが平穏無事であればいいというものではない。亡き父が、大陸内のすべての国の和平を望み、同盟を結ぼうとしていたことを、私は誰よりも知っていた。父が志半ばで倒れ、そのあとを継ぐことになったとき、大陸全土の同盟が成されるまで、結婚はしないと誓ったのだ」

その言葉に、信じられないという思いでコーデリアは目を瞠《みは》る。

大国の国王が、結婚をしない。それは、王に何かあったとき、直系の跡継ぎが途絶えてしまうということを意味する。

ステーリア王国でさえ、そのような考えを王が持っていたとしたら、重臣たちは必死で説得するだろう。

「皆は、それを止めなかったのですか？」

「止めた。当たり前のことだ。だが、王家の血筋は民の命よりも優先されるものだろうか？私に何かあったとしても、父の弟だったヘザード公がいる。その息子のワシリーもいる。ならば、私の成すべきことは血を絶やさぬことではなく、国を、民を、この大陸を守ることだと信じた。信ずるところさえあれば、人間は強くなれる。――とはいえ、友と信じたジョエルすらも、当時私の決断を非難したものだが」

そこで、一瞬相好を崩したかと見えたヒューバートが、なぜか険しく眉根を寄せる。

「……ヒュー？」

「ああ、いや、なんでもない。すまん、今はその話ではなかったな。ともあれ、私は父の果たせなかった大陸全土の同盟を制定するまで、結婚しないと誓って生きてきた。気がつけば三十六だ。この歳になって、十九歳も年下の王女を妻に迎えることが決まった。あなたには、酷な現実だったろう？」

金色の髪を指で梳《す》いて、彼は穏やかにこちらを見つめてきた。同意を求めるような口調だが、コーデリアとしては頷けない。

「いいえ、わたしはこの結婚を酷だとは思いません」

半ば挑戦的ともとれる、まっすぐすぎるまなざしを受け止めて、ヒューバートがふっと唇を緩めた。

「そう言ってくれるあなたを、愛しいと思う。かわいらしいと思う。そして、少しの強がりを痛々しいとも思うのだ」

「……痛々しい、ですか？」

「ああ」

人生十七年、いまだかつてそのような言葉で評されたことは記憶にない。自分では、精一杯やってきたけれど、ヒューバートのような大人の男性から見れば不憫《ふびん》に思える存在なのか。それとも、大人の女性から見ても同じなのか。

「いや、待て、違う！　コーデリア、いいか、よく聞いてくれ。……くそっ、言葉の選び方も知らない自分を呪うばかりだ。あなたを……かわいそうだと思っているのだよ」

――表現を変えたところで、同じ意味なのね。つまり、わたしはヒューにとって憐憫《れんびん》の対象なのだわ。

ますます表情が暗くなった妻に、ヒューバートは再度「違う！」と叫んだ。

「あなたの意思とは無関係に、こんな年上の男に嫁がされ、しかもその事実を悲しむこともできない。なぜなら、コーデリアは王女としての生き方しか知らないからだ。わかるな？」

「……わかりません」

わかりたくありません、とは言えなかった。たとえ夫であっても、彼はこの国の国王陛下なのである。

「わたしは、哀れみなどほしくありません。あなたと出会えたことを嬉しいと言っていることが、かわいそうなのですか？　それは、あなたがわたしを愛してくださらないという宣言なのでしょうか？　それでもいいと、それでもわたしはあなたを――」

愛している、と。

紡ぐより早く、唇が塞がれた。

「――……愛している、コーデリア」

そして、自ら告げようとしていた言葉がコーデリアの鼓膜を打つ。信じられない、と彼女は長い睫毛を瞬《しばたた》いた。

「あなたを、愛してしまった。政略結婚だろうと、年の差があろうと関係ない。私は、守るべきいたいけなあなたを、女として見ている」

若干投げやりな口調で、ヒューバートは己を揶揄《やゆ》するように愛を語る。

だが、彼の言葉が嘘ではないことを、赤らんだ頬が証明していた。ぶっきらぼうでありながら、優しい手。そして、愛を語りながら目をそらし、自嘲する唇。

――なんて不器用なひと。けれど、誰よりもこのひとが愛しい。

コーデリアは、ヒューバートの胸に顔を押しつけた。

「お、おい、コーデリ……アッ……!?」

彼の『答え』と同じものを、ヒューバートに差し出したい。その一心で、硬い胸板に吸いつく。

うまくできているか、自信なんてない。なにしろ、こうしてキスマークをつけることも初めてだ。

ただ、彼を愛している。その気持ちを残したかった。

「……愛してください」

ヒューバートの左胸に、小さく赤い花が咲く。それを指でなぞり、コーデリアは彼を見上げた。

「ただ、愛していただきたいんです。だって、わたしもヒューを愛しているのですから」

かわいそうだなんて、もう言わせない。今は十七歳の小娘であろうと、十年も経《た》てば二十七歳の大人の女になる。それまで、彼のそばにいさせてくれれば、きっとヒューバートにもわかることなのだ。

「あなたは、わたしを憐《あわ》れむのではなく、愛してくださるだけでいいんです。どうか、わたしをヒューのほんとうの妻に……してください……」

羞恥心を投げ捨てて、トラウザーズのうえから彼の分身に手を触れる。そこには、漲《みなぎ》る熱があった。窮屈そうに布地を押し上げるものを、コーデリアは指先で優しく撫でる。

「だ……っ、駄目だ！　待て、まだ話は終わっていない。コーデリア、あなたにはまだ告げていなかったが、明日、改めて儀式が行われることになっている。だから、それまで私を煽《あお》らないでくれ‼」

たじたじのヒューバートが、コーデリアに向かって手のひらを向けて制止を促した。しかし、乙女のほうから男性の欲望に触れているのである。この程度の拒絶で、身を引くつもりはなかった。

「わたしは、ヒューを愛しているから、触れられたいと思いました。愛しているから、果てる前にあなたが行為をやめても、黙ってしたがってまいりました。ですが、愛しているからこそ

——ヒューとつながりたいと願っているのです。それとも、ヒューはわたしを『かわいそうなコーデリア』にしておかないと、愛せないのですか……?」

言外に、愛する夫に愛してもらえない妻を憐れむ気持ちはないのかと含ませ、コーデリアは全裸のまま、ヒューバートににじり寄る。

このとき、すでに王女らしさというものは、頭の片隅にすら残っていなかった。可憐な外見のせいで、子ども扱いされやすい自分を、コーデリアはよく知っている。小柄な体躯《たいく》も原因だろう。

——けれど、今、わたしがすべきことは、愛するひとに女として愛してもらうこと。

「あなたに、愛されたいのです。それが罪だというのなら、わたしは純潔を証明できずとも構いません。ただ、今すぐにあなたのものになりた——……きゃあっ⁉」

ぐらりと体が傾《かし》いだ。頭が枕に埋もれ、長い金髪が敷布のうえで波を打つ。

「……本気なのだな?」

それまでとは違う、低くかすれたヒューバートの声に、心臓がどくんと跳ねた。

「本気でなくとも、そこまで煽られてこらえられるほど、私は人間ができていない」

「は、はい……。あ、いえ、ヒューは立派な方だと思います」

薄明かりの下、彼の引き締まった体が艶《つや》めく。女の自分とは違う、硬く重い体。その全身で、自分を覆ってほしかった。

「それに、ここでやっぱりやめると言われたら、わたしも引き際がわからなくなりそうですし——」

「……もういい。何も言うな」

顔の両脇に、彼が手をつく。ぎしっと体の下から音がした。寝台を軋《きし》ませ、ヒューバートはコーデリアの体にのしかかってくる。

「儀式のことは、私がなんとかする。あなたは気にしなくていい」

右手が頬を撫で、そのまま首へと伝い、胸元を弄《まさぐ》った。彼の手におさまる、コーデリアの張りのある乳房を、裾野からじわりと持ち上げる。

「ん……っ……」

せつなさが、全身を駆け巡っていた。

今から、ヒューバートのものになれる。その想いは、これまで触れられたときと異なっているのだ。肌の表面を撫《な》でられるだけで、心までが感じてしまう。

「——……不思議だな」

白い喉にキスをして、彼がつぶやいた。

「え……？」

こうしていられることが奇跡であって、これ以上の不思議などない。コーデリアは、薄く目を開ける。

「あなたと初めて会ったとき、コーデリア王女だと知って、こんなに幼い少女を王妃の冠で縛りつけることに抵抗を覚えた。それなのに――どうしても、そばにいたいと思った。あのときと同じ香りがする」

言われても、自分の体から発する香りなど何も思いつかず、コーデリアはくんくんと腕を嗅いでみた。

「……わたし、何かにおいますか？」

「ああ、私の大好きな……その、イチゴに似た香りがする。甘酸っぱく、もっと食べたくなる香りだ」

「それは、さっき食べたからではありませんか？　まだそこに――」

寝台に置きっぱなしだった銀皿を指差すと、ヒューバートがイチゴをひと粒つまみ上げる。そのまま、軽くひと口かじって、果実の断面をコーデリアの鼻先に向けた。

「こんなおいしそうな香り、わたしの体からしませんよ」

「いや、する。あなたの香りによく似ている」

「それよりも、ヒューはイチゴがお好きなのですか？」

どちらかというと強面《こわもて》で、逞《たくま》しい体つきの騎士王が甘党だとは、気になる情報である。

「――っっ、いや、特別好きということではなくだな」

「では、わたしの香りというのも好ましいものではないのでしょうか……」

彼の好きなものと、自分が共通した何かを持ち合わせているならば、それが嬉しいと思った。けれど、それほど好きでもないものと似た香りがしたところで、ヒューバートを惹きつけることはできないだろう。

「……好きだ」

「まあ、やっぱり！　では、いつかステーリア王国に行って、一緒にイチゴを」

「だが、私の食べたいイチゴはあなただ、コーデリア」

不意に、両膝の裏に手を入れられる。そのまま、腰が浮くほど脚を持ち上げられた。

「や……っ！　な、なぜこんなに脚を……！」

「少しでも、あなたの負担を減らしたい。それと、あなたを食べたいと言ったが、私のこともおいしく食べてもらえるだろうか？」

猛《たけ》りきった雄槍が、彼の下腹部につきそうなほど屹立している。その先端からは、先走りの透明のしずくが浮かんでいた。

「……すべて、教えてください。わたしに恋を教えたのはあなたですもの。教えてくださらないと困ります……」

目を伏せて、含羞《はじらい》に頬を赤く染めて、それでもコーデリアは、ヒューバートだけを求めている。ほしいと思ったのは、彼の体だけではなく心も含めたすべてだ。

胸に太腿《ふともも》が触れる。天蓋布に向けられた蜜口は、かすかにひくついてこの先に起こる出来事を知っている。

「……挿れるぞ」

「はい……、来てください、ヒュー……」

敷布に爪を立てて、コーデリアは痛みを耐え抜く覚悟だ。一度は、切っ先を埋め込まれた。あのときのことを思い出すと、腰が引けそうになる。

──もう、逃げないわ。わたしは、ヒューのほんとうの妻になる。彼だけのものになりたい。

熱が亀裂に触れ、左右に割られた柔肉の中心に押しつけられた。はしたないと思っても、開閉するのを止められない蜜口。そこにぴったりと亀頭をあてがい、ヒューバートが腰を進める。

「……っ、ひ……っ……、あ、あぁっ……」

指で押し広げられるのとはまったく違う。温度が、質感が、そして重量がある。脈打つ楔《くさび》は、コーデリアのか弱い粘膜を内から擦って、ずぶずぶと切っ先を埋め込んだ。

「う、んぅ……っ、は……っ」

細い指が、敷布に食い込む。

想像していたよりも、ずっと重い痛みだった。ほんとうに、世の夫婦が皆、こんな痛みを伴う行為をしているのかと疑うほどである。

それでも──

コーデリアには、自分から彼を誘惑した自覚があった。今夜は、決して痛いと言わない。そう誓っている。

「コーデリア、……苦しくないか？」

「は、ぃ……」

嘘をついてでも、このひとがほしい。痛みをこらえることで、ヒューバートと睦《むつ》みあえるのならば、いくらでも自分を騙《だま》そう。

そんな彼女の気持ちに気づいているのか、ヒューバートは半分ほど埋め込んだ楔を、それ以上先に進めてはこない。

太い情慾を咥え、蜜口が弱々しく痙攣《けいれん》する。そのささやかな隙間から、ひとすじの朱が滴る。

「――……ああ、わかっていたことだが……」

破瓜《はか》の証を目の当たりにしたヒューバートが、ぶるりと肩を震わせた。

「え……？　ヒュー、あ、あの、なかで大きく……」

すでに壊れそうなほど押し広げられていた狭隘《きょうあい》な淫路が、いっそう隙間なく埋められる。ヒューバートのものが、ひとまわり膨らんだような気がした。

「愛しい妻の純潔を捧《ささ》げてもらったのだ。興奮するのも仕方あるまい？」

額の汗を手の甲で拭い、ヒューバートが淫靡な笑みを見せる。今まで見た、どんな瞬間とも違う、その笑顔。

――これから先、もっともっとあなたのことを知っていける。それを、わたしは許されたい。

だから……

「まだ……全部ではないのでしょう？　どうか、遠慮なさらないでください。わたしの、なかを……」

あなたでいっぱいにして――

消えそうな懇願に、ヒューバートが息を呑むのがわかった。彼が緊張すると、コーデリアの隘路で剛直もこわばる。

「ああ、コーデリア」

細腰に、彼が両手をまわした。しっかりとつかまれて、目を閉じる。今から、彼を受け止める。彼のすべてを、自分のなかに打ち込んでもらう。そして、彼の妻となるのだ。

「――……あ！　あっ、あぅ、ううーっ……！」

だが、どうにもならない。痛みは、いまや腰だけではなく背中まで伝わってきている。声を出さぬようにしたくとも、意思でこらえられないほどの衝撃が突き立てられていた。

「ほんとうに、あなたはこんなときまで意地っ張りなのだな。いいか、コーデリア。つらいときは、私に頼りなさい。これでも、私はあなたよりずっと大人だ。だから、今も苦しいなら、敷布ではなく私の背に爪を立てていいのだよ」

そうは言われても、すでに敷布に食い込んだ指は動かすこともできない。体はこわばり、冷たい汗が首筋を伝う。彼を埋め込まれて、自分の制御まで見失った。

「それに――挿《い》れるだけでは済まん。こうして、あなたのなかを私でこすりあげていくのだから……」

まだ奥まで届いていないものを、ヒューバートが軽く腰を揺する。すると、壊れそうなほどに押し広げられた粘膜が、甘い疼きを感じはじめた。

「っ……、あ、あっ、や……っ……」

浅瀬を往復する動きは、指で行われたものと変わらないというのに、濡襞にみっしりと感じる質量が違う。息ができなくなるほどに、彼の熱が心を灼《や》いていく。

「く……っ、その声、たまらんな。コーデリア、ほら、手を……」

大きな手が、コーデリアの指を敷布から引《ひ》き剥《は》がした。そして、そのまま指と指を絡めて両手をつながれる。せつない部分と左右の手、三点で彼に自由を奪われ、コーデリアは涙目で奥歯を噛《か》みしめた。

「――いくぞ」

ぐ、ぐぐっ、と腰が押しつけられる。

体のなかに、異物を挿入されるその感覚は、全身を貫いていくようだ。耳鳴りがし、喉が狭まる。それなのに、腰の奥だけが開かれる奇妙な感覚――

「う……、あぁ、あ、ヒュー……！」

「だいじょうぶだ。っ……、これで、すべて……入った」

その言葉に、視線をつながる部分へ向けた。互いの腰が密着し、どのようになっているのかはわからない。ただ、見えなくともわかる。ヒューバートが脈打つたび、そのささやかな動きさえも感じ取れるほど、今、ふたりは世界でいちばん近い距離にいる。

「これで……わたしは、ヒューの……」

「ああ、我が花嫁。すべてを受け入れてくれ。そして、すべてを奪って、私をもっと狂わせてみろ」

最奥まで突き入れられた情欲が、ぬぷぬぷと淫らな音を立てて雁首まで引き抜かれた。圧迫感から一瞬だけ解放され、息をついたその刹那、返す刀でヒューバートが腰を打ちつける。

「――っっ、あ、ああっ、嘘……っ」

「何が嘘なものか。今、あなたは私に純潔を捧《ささ》げた。これから……何度も何度も、こうしてあなたを抱く。わかるだろう？　もう――……止まらない……っ」

最初はぎこちなかった動きが、あふれ出す蜜で潤滑になっていく。

「あぁ……っ、ヒュー、ヒューバート……」

「ハ、あなたを幼く愛らしいと思っていたのは、私の願望だったのかもしれんな。今のあなたを見ていると、女の顔をしているのだから……」

打ちつけられる想いが、心まで満たす。同時に、彼のかすれた声が情熱を煽った。

王女として扱われてきたコーデリアに、下卑た発言をする者は今までひとりもいなかったが、

ヒューバートにならば別だ。彼が、淫靡な言葉を選ぶたび、腰の奥があえかに震える。

痛みは絶え間なく、けれどそれを上回る疼きが生まれては消えていく。彼をすべて埋め込まれると、ひりつく痛みと充足感があふれかえり、引き抜かれると痛みは緩和するが締めつけるもののなさに空白がうねる。

もっと、もっとほしい。

心ではなく本能で、コーデリアの体が叫んでいた。突き上げて、貫いて、奥まで満たして、あなたでいっぱいにして、と――

「う、んっ……、あっ、ああ、あ……」

快楽の激流に翻弄されながら、ヒューバートの背に爪を立てた。汗で濡れたふたりの体は、まるで一匹の獣のようにつながりあったまま、淫らに揺れる。

「……イイ顔になってきた。どうだ、まだ痛むか？」

反り返る劣情で天井をこすられると、腰から脳天へかけて閃光《せんこう》が駆け抜ける。コーデリアは夫にしがみつき、力なく首を横に振った。

「も……、平気です。でも、あっ、ヒュー、ヒューがなかに……んんっ……！」

加速する愛情と、やるせないまでの快楽。

痛みが薄れるほどに、今度は耐えきれない快感が押し寄せてくる。まぶたの裏は熱を帯び、耳鳴りと嬌声《きょうせい》が止まらず、彼を咥え込む隘路は自分の体とは思えないほどに蠕動《ぜんどう》を繰り返す。

「ゃぁ……っ！　駄目、もっと、い、痛くしてくださ……」

痛覚に支配されている間は、さして気にならなかった自分の声が、今では鮮明に聞こえてくる。

「痛くしてほしい？　なぜだ？　私は、あなたとなら痛みよりも快楽を共有したい」

「だって……だって、あっ……、こ、声……っ」

泣き顔で訴えるコーデリアを見下ろし、ヒューバートは嬉しそうに口角を上げた。

「その声、もっと聞かせてくれ。あなたの声は、私の笛の音などよりずっと魅力的だ。こうして、あなたを鳴らしている――そう思うだけで、おかしくなりそうなくらいに興奮するのだから……！」

自らの発言をたしかめるつもりなのか、彼の腰の動きがいっそう激しくなる。

突き上げられると、飛沫《しぶき》をあげて蜜が散り、蜜口がヒクヒクと収斂《しゅうれん》した。すっかり彼に馴染《なじ》んできている濡襞が、脈打つ劣情にすがりつく。彼を締めつけて、もう二度と自分のなかから逃さないとでもいうように狭まったところを、剛直が抽挿するのだからたまったものではない。

「ああっ……、も……、おかしく……んぅ……っ」

「なってくれ。私に狂わされ、よがる姿を見せるんだ、コーデリア……！」

貪るくちづけに、吐息も喘ぎも奪われて、最奥近辺をぬちゅぬちゅと抉られる。初めてだというのに、すでに佚楽《いつらく》を知りはじめた体は、彼の射精を促すように蜜路をうねらせた。入り口から奥へ向けて、きゅうと窄《すぼ》まるたび、血管の浮いた猛々《たけだけ》しいものがぶるっと震える。

——ああ、もう駄目。ほんとうにこれ以上は無理。だって、ヒューがこんなに熱い……！

唇と下半身でつながりあって、溶け合っていく。これが、夫婦にだけ許された夜の秘密——

「んん……っ、ん、ぅ、ああ、ヒュー、わたし、わたしもう……っ」

子宮口を斜めに押し上げる亀頭が、ひときわ大きく膨らんだ。

「ああ、私もだ。あなたのなかに、すべてを注がせてくれ。愛してる、コーデリア……」

上も下もない。右も左もわからない。

あるのは、絶対的な愛情とあられもない情慾。狂おしいまでの快楽をわけあって、いつしかコーデリアも自分から腰を揺らしていた。

「ぃ……、いや、ああ、あっ……、あぁぁ——……」

びくんびくんと腰が跳ねる。そのなかで、目には見えないけれど白い飛沫が迸《ほとばし》っている。白濁は、コーデリアの空洞をたっぷりと満たしていく。その熱が、彼の自分への想いだと知って、コーデリアは心を凝らした。

ヒューバートの与える、すべての愛情を受け止めていた。

§　§　§

一晩中そばにいてくれたヒューバートが、自分の部屋へ帰っていったのは明け方近くのことだった。

彼は「儀式については私にまかせろ」と言ったかと思えば、コーデリアの寝台から敷布を引き剥がす。血のついた白い敷布を目の当たりにすると、これが破瓜の証明なのだと顔が燃えるように熱くなった。

「だいじょうぶだ。あなたを困らせることはしない。それに、こうなったからにはジョエルにも協力してもらおう」

前半は優しい笑顔で、そして後半は何かを企《たくら》む危険な笑顔で、彼は言う。

行為のあと、コーデリアがなぜ誤解していたかの理由を話すと、ヒューバートは頬を引きつらせていた。無論、彼とターニャの件である。

とにかくそれは誤解であり、自分とターニャに恋愛に似た感情は一切介在しない。夫がそう言ったからには、コーデリアは彼の言葉を信じる。問題は、ヒューバートと長年のつきあいであるジョエルが、なぜそんな勘違いをしたかという点だった。

しかし、それに関してもヒューバートは、

「――理由はわからなくもない。理解できるという意味ではなく、これが理由だろうと思い当たるものがある」

結局、この件についても自分が対応すると言う。何もかもを任せてしまうのは、コーデリアとしても心苦しい。とはいうものの、ならばどんなことができるか、となると、やはり具体的にできることはないのである。

「……わたしは、自分で思っていたよりも数段、役立たずなのね」

敷布がなくなっては、侍女に怪しまれるだろうと、ヒューバートは代わりの敷布まで用意してくれた。そして、王自ら敷布の交換を――

「コーデリアさま、どうなさったのですか？　そんなに憂いた表情をなさって……。もしや、お体の具合でも悪いのですか？」

「いいえ、だいじょうぶです、ハンナ。心配をかけてごめんなさい。少し、考えごとをしていました」

今朝の諸々《もろもろ》を思い出していたコーデリアは、着替えを済ませて侍女に髪を結ってもらっている。鏡に映る姿は、いつもとなんら変わりがない。白い肌、ほんのり赤い頬、そして子猫のようにくるくると表情の変わるすみれ色の瞳。

――純潔を失っても、姿形に違いはない。まだ、あの痛みは残っているのに。

そう、コーデリアは朝からずっと、腰の気だるさを抱えている。彼を受け入れた部分は、今なお何かを挟み込んでいるように疼き、お腹《なか》のなかをかき回されたあとのように重い。

侍女たちは、初夜の儀式のことを知らないからこそ、コーデリアが結婚当夜に女になったと思っているだろう。なにしろ、性的な知識が皆無だったのは自分だけで、世の多くの妙齢の女性は、経験がなくとも耳年増《みみどしま》になりがちだという。

「そういえば、大司祭さまが今日から聖堂にお戻りになるそうですよ。あのお年で、これほど回復がお早いだなんて、さすがは体を鍛えているエランゼの男性です」

「えっ、大司祭さまが……？」

ハンナの言葉に目を丸くすると、鏡越しにコーデリアを見つめる侍女が「はい」と首肯した。

思えば、彼が元聖職者たちに襲われてから、七日が過ぎている。手酷《てひど》い傷ではなかったと聞いていたけれど、これほど早くに復職できるのは喜ばしいことだ。

「では、昼食を終えてから聖堂へ参ります。大司祭さまに、ご回復のお祝いをお伝えしたいですからね」

金の髪は、耳の上を編み込みにして、少女らしい雰囲気に整えた。結婚したからには、もっと王妃らしい格好を心がける必要があるかもしれない。衣服や髪型については、侍女たちに相談してみるべきか。

「かしこまりました。何かお祝いの品をご用意したほうがよろしいでしょうか？」

「そうですね……。ハンナ、手間をかけて申し訳ないのだけど、午前中に街へ行ってきてくれますか？」

「はい、コーデリアさま」

侍女が出かけている午前中、居室にひとりでいたコーデリアは、レターボックスを開けた。

この国へ嫁いできたときには、母のくれた指南書だけがしまい込まれていたけれど、今ではヒューバートからの手紙が二通、彼がくれた横笛、さらには使いみちを誤った絵筆が入っている。

始まりはきっと、あの夜だった。

結婚式まで会えないと聞いていたヒューバートと偶然出会い、彼の人柄に心惹《ひ》かれた。笛の音の美しさも相まって、コーデリアは一足飛びに恋に落ちた。

少しずつ増えていくレターボックスの秘密と、彼への愛情。だが、きっとこのレターボックスがいっぱいになっても、コーデリアの気持ちはさらに先へ進んでいく。

「……ヒューと出会えたことに、心から感謝します、神さま」

部屋でひとり、両手を組んで。

コーデリアは聖堂へ出向くまえに祈りを捧げる。

――これから先、教義に逆らうようなことは決していたしません。ですから、新婚の儀式ではない場面で、彼に純潔を捧げたことをお許しくださいませ。

目を開けると、ヒューバートがくれた笛を手に取る。まだ、笛の吹き方は教わっていない。彼のように演奏できたら、きっと気持ちが良いだろう。

「次にヒューと過ごせるときには、笛のレッスンをお願いしようかしら」

ふふっと小さく笑い、王妃は幸せそうに微笑んだ。

昼食を終えて、ハンナが選んできたお祝いの品を持って聖堂へ向かうと、入り口の外にローレンスの姿があった。隣には、ジョエルもいる。

父と息子は、何やら険悪な様子だ。互いに睨《にら》みあい、口をへの字に結んでいる。

「あ、あの――、コーデリアさま、なんだかお声をかけにくい状況にお見受けいたしますが……」

回廊の柱のかげで、ハンナが果物を詰めたカゴを手に足を止めた。

「そうですね。一度、部屋へ戻りましょうか。時間を改めて伺えば――」

小声で会話をしていると、それまで黙り込んでいたローレンスが太い声を響かせる。

「つまり、おまえはあくまで自分の意見を通すつもりだと言うのだな」

負けじとジョエルが口を開いた。

「ええ、そうですよ。父上は、大事なときに怪我《けが》をして倒れていらっしゃった。陛下も王妃さまも、これ以上は待てなかったというのですから仕方ありますまい」

「そんなことを言っているのではない！　王室の婚儀に当たっては、必ず必要な手順であるというにもかかわらず、若輩者のおまえが勝手をしたことが問題なのだ！」

耳に届く会話のなかに、やり過ごせない単語がいくつも混ざる。陛下、王妃、婚儀――彼らは、新婚の儀式について話し合っているのではないだろうか。

知らず、コーデリアの顔色は紙のように白くなった。それもそのはず、彼女は立会人のないままに、昨晩ヒューバートと契ってしまったのである。

――けれど、わたしがヒューと結ばれたことは、まだ誰も知らないはずなのに……

「コーデリアさま……？　何か、不穏な感じの話題に思えますが、お心当たりがおありですか？」

こそこそと話しかけてくるハンナの腕のなかには、今朝ステーリア王国から届いたばかりだという見事な果実があった。特に、宝石のような大粒のイチゴは、真っ赤に熟して食べごろである。

「……ええ、心当たりはあります。ですが、彼らがなぜ知っているのかは……」

いつまでもここに隠れているわけにはいかない。出ていくなら出ていく、居室へ戻るなら戻る。決断しなくては、立ち聞きをしたことになってしまう。

「オレだって、好きでそうしたわけじゃない!!　できることなら、初夜なんて迎えなければいいと願っていたし、そもそもあんな立会い、誰がしたいもんか！」

「ジョエル！　おまえ、なんということを……!!」

まだ包帯を巻いている、痛々しい腕を震わせて、ローレンスがぎりりと奥歯を噛む。

初夜を迎えなければいいというのは、ジョエルにすればターニャのためという想いがあったのだろう。彼は、ターニャとヒューバートが想いあっていると信じていた。

──わたしは、ヒューの言葉を信じる。ジョエルも、ターニャときちんと話をすればいいと思うのだけど、そうはいかないのかしら。直接話してわかりあえないことなんて、この世にはそう多くないように思うけれど、これは幼い考え方なの？

実際に、戦争はなくならない。話し合っても、相互理解にたどり着かないことはままある。それでも、コーデリアは人間を信じていたかった。疑うことは、自分も他人も傷つける。信じて騙されるほうが、よほどいい。

──わたしのせいで、大司祭さまと司祭さまを揉《も》めさせるわけにはいかない。

「え、コーデリアさま？　ちょ、ちょっとお待ちに……」

「いいのです、ハンナ。あなたはここにいてください」

彼らの話の道筋は不明だが、その根底に自分の行動が関係していることは定かである。コーデリアは、ドレスの裾を両手でつまみ、恥じるところなく堂々と聖堂へ向かって歩いて行く。

「大司祭さま、それから司祭さまも、ご機嫌麗しゅうございます」

いつも以上に明るい声で、彼らに呼びかける。まだ睨《にら》みあっていたふたりの男は、コーデリアの場違いな声にぎょっとして振り向いた。

「お加減はいかがですか、大司祭さま。お怪我のことを聞いたときは、心臓がつぶれるかと思いました。お元気そうなお顔を拝見できて、わたしもやっと安心いたしました」

「あ、ああ、心配をおかけしてしまい、まことに申し訳なく――」

呆気《あつけ》にとられた様子のローレンスは、苦虫をかみ殺したような表情で一礼する。それを、コーデリアが制止した。

「どうぞ、礼などなさらないでくださいませ。胸や胴にも傷を負ったと聞いております。少しでも負担となることは自重ください。それと、司祭さま」

笑顔のまま、今度はジョエルに向き直る。

「なんでしょう、王妃さま」

彼の優男然とした優雅な所作に、宮殿内で働く侍女たちは見惚《みと》れるのだそうだ。ひそかにジョエル親衛隊と呼ばれる女性たちがいるとは、一時期聖堂にかよっていたハンナから聞いた話である。

それはさておき――

「まだ全快していらっしゃらない大司祭さまとお話をされるなら、いつまでも立ったままでは傷に障ります。よろしければ、聖堂へ入れていただけますか？　わたしもご一緒いたしますので」

コーデリアは、自分なりに穏やかな解決を探ろうとしての提案だったのだが、ジョエルの整った笑みがひくりと歪《ゆが》む。

「え、ええ、仰るとおりですね。では、大司祭さま、なかへ……」

「うむ、そうしよう……」

　年上の男性ふたりが、ふわりとした少女に怯《おび》えた様子で聖堂へ入っていく様は、当事者のひとりでなければコーデリアとて思わず笑ってしまったかもしれない――が、今はそんなことに気づく余裕もありはしなかった。

　美しいステンドグラスから、陽射しが降ってくる。色とりどりの光を浴びて、聖堂の参列席に座った大司祭ローレンスが、申し訳なさそうに頭を下げた。

「王妃さま、このたびはご成婚間もなき大切な時期に、ほんとうにご迷惑をおかけいたしました。また、それに伴い、儀式を滞らせてしまいましたこと、重ねてお詫《わ》びいたします」

　頭を上げてください、とコーデリアはローレンスの肩に手をやる。逞しい武人体型の大司祭であっても、傷を数日で治すことなど不可能だ。

「大司祭さま、あなたを責めるつもりなど毛頭ありません。ご無事であったことが何より嬉しゅうございます。それよりも、おふたりは先ほど、いったいどのような件で言い争いをしていらしたんですの？」

　ローレンスとは、通路を挟んで反対の参列席に腰を下ろし、コーデリアは改めてにっこりと微笑む。どうも、先ほどから自分が微笑するたび、ふたりの聖職者が顔をこわばらせるのだが、それを気にしていても仕方がない。

「いや、それについては陛下からお話があるかと思いますので……」

言葉を濁すジョエルに、笑顔のままで目線を向ける。

「わたしに関係することだというのに、なぜお教えいただけないのでしょうか？　陛下は、国のために粉骨砕身し、いつもご多忙でいらっしゃいます。どうぞ、わたしに陛下の邪魔をする真似をさせないでくださいませ」

「………ジョエル、お伝えしなさい」

大司祭のひと言で、ジョエルは大きなため息をついた。覚悟は決まったらしい。小娘といえども王妃であるコーデリアから、ここまで詰め寄られては、知らぬ存ぜぬも通らないのだ。

「今朝、お早い時間に陛下が聖堂をお訪ねになりまして――」

話を聞き終えたとき、コーデリアは肩を震わせ、このうえなく頬を紅潮させていた。

「つ、つまり、ヒューは敷布を持って参上したうえ、儀式が終わったことを認めろと司祭さまに言ったのですね……」

それが、話のすべてである。

ジョエルもさすがに気の毒に思ったのか、苦笑いで首肯する。ローレンスに至っては、怪我を負った手を額に当てていた。

――すべてを任せろと仰《おっしゃ》ったのは、こういうこと？　たしかに、詳《つまび》らかにしてしまったほうが都合がいいこともあるのかもしれないけれど……

だからといって、情緒の残る朝の段階で、彼が破瓜の証拠を持って聖堂を訪れる理由になるのかというと、頭が痛いところである。

「陛下は以前から、儀式については懐疑的であられました。自分はまだしも、妻となる女性に申し訳ないと仰る、お優しい方です」

ローレンスの言葉に、コーデリアも頷《うなず》くしかできない。

「わかっております。陛下が、わたしを想ってしてくださったことだということ。そして、儀式の必要性を承知していながら、皆さまに断りなく……その……」

頬どころか、耳まで真っ赤にして、言葉の続きを飲み込んだ。それでなくとも、ふたりには儀式が失敗した夜の姿を見られている。平然としているのは困難というもの。

「――っっ、陛下に代わって陳謝いたします。どうぞ、今回の件についてわたしの咎《とが》をご容赦くださいませ。正式な王妃として認められないというのであれば、教会、枢密院、王族の皆さまのご判断に従います。ですので、なにとぞ――……」

「王妃さま、そのようなことを仰《おつしや》られますな。あなたおひとりの罪ではございません」

慰めの言葉も、羞恥心には届かない。コーデリアは深く頭を下げて、それはもう膝に額がつくほどだった。

と、そこに、唐突な闖入者《ちんにゆうしや》が現れる。聖堂の入り口が開き、背の高い男性の影が見えた。

「コーデリア？　ここでいったい何をしている？」

「……ヒュー」

乗馬服に長靴姿のヒューバートは、妻が頭を下げる姿に驚いたのか、目を大きく見開いていた。その手には、コーデリアが準備したよりさらに大きな果物カゴがある。馬に乗って、城下町まで出かけていたのかもしれない。

「陛下、これは――」

言いかけたジョエルを制し、心配そうに駆け寄ったヒューバートは、コーデリアの顔を覗《のぞ》き込んだ。

「どうした、何があったのだ？」

「……あったといえばありましたし、なかったといえばなかったかもしれません」

結局のところ、コーデリアが国の中央機関に王妃として認められるかどうかという問題は別として、ヒューバートが国王であることに変わりはないのである。

付け加えるならば、誰がなんと言おうと、彼はコーデリアを愛してくれている。王が、コーデリアを王妃として求めているかぎり、他者が何を言っても覆《くつがえ》らない。

――ヒューは、人間として魅力のあるひとだわ。きっと、この気難しい大司祭さまを相手にしても、自分の考えを通してしまうのでしょうね。

ぎりぎりまで、儀式の遂行《すいこう》をすべきと考えていたヒューバートだからこそ、契ってしまったからには、せめて誠実に対応しようと考えた結果だろうことは、想像に易《やす》い。

やっと頬の赤みも引き、コーデリアはなんでもなかった顔で立ち上がろうとした。しかし、そうは問屋が卸さない。妻の困惑ぶりを見たヒューバートが、ジョエルを睨《ね》めつけたのだ。

「要領を得ぬ返事を……。ジョエル、どういうことだ？　まさかおまえ、コーデリアに昨晩のことを根掘り葉掘り問い詰めるような無粋な真似はしていないだろうな！」

「するか！　そんなことよりも、おまえがデリカシーのないことをしたから、王妃さまは困ってるんだろうが！」

ジョエルもジョエルで一歩も退かず、背の高い男ふたりが怒鳴りあう。

――どうしましょう。止めたほうがいいのでしょうけれど、あのふたりの間に入ったところで、わたしでは視界に入らないのでは……？

動揺のあまり、コーデリアも冷静さを欠いていたが、自分では気づけないのがひとというものの。

「そもそも、おまえがコーデリアに余計なことを言ったせいで、私が疑われたのだぞ。それについての謝罪はどうした⁉」

「はァ？　何が余計なことだ。ターニャがあれだけ陛下陛下言ってるのに、ほかの女と結婚できる神経が信じられないんだよ！」

「なんだそれは。だったら、ターニャが私を陛下ではなく、名前で呼べばいいというのか」

「そんなこと、いつ誰が言った！」

ヒューバートは三十六歳、その幼なじみであるジョエルも、おそらく同じくらいの年令なのだろう。コーデリアからすれば、どちらも大人の男性だ。

しかし、彼らはまったく大人げない喧嘩《けんか》をしはじめている。

「ずいぶん好き放題言ってくれるが、そっちこそ自分の妻を放置して、図書資料室にいたんだろ？　疑われる行動をとっておきながら、オレに責任を被《かぶ》せようとするのが国王サマなのかねえ？」

「何を……っ⁉」

「しかも、儀式を重視するといったんは決断したくせに、親父《おやじ》が怪我で寝込んでる間にさっさとヤっちまいましたってなんだよ？　対処策も考えてなかったのか？　聖堂まで敷布持参するなんて、国王陛下のすることか⁉」

——それを言われると、わたしも申し訳ないのだけど……

小さく息を吐いたコーデリアの前で、ヒューバートが顔を真っ赤にして拳を握りしめている。図星を指されたのか、彼は言葉に詰まっていた。

「し……仕方あるまい。あれには事情があったのだ」

「へえ？　事情ねえ？　言ってみろよ。神さまも大司祭さまも、考慮してくれるかもしれないぜ」

煽るジョエルに、ぎりりと奥歯を噛みしめるヒューバート。あまり力を入れると、彼の歯が心配になる。

「私とて、初めてだったのだ！　動揺したとておかしなことではなかろう‼」

天使が通る、とは会話の隙間にできた沈黙を意味する言い回しだ。まさしく、たった今、聖堂内を天使が通っていった。

自分だけが慣れない行為なのだと思っていたコーデリアは、ヒューバートも同じだったのだと知って、ひそかに安堵《あんど》する。

刹那、目を見開いたジョエルは、笑い出しそうになった口元をバッと手で覆った。

そしてローレンスは——何やら、哀れみとも思える優しいまなざしをヒューバートに向けている——

「だっ……だいたいだな、ターニャを好きなのは私ではなくおまえのほうだろうが！　好きな女に告白ひとつできぬどころか、あまつさえ身分差に悩ませておいて、彼女の気持ちを無視しているのはどこの誰だ？」

神妙な空気を察してか、国王陛下は会話の矛先をジョエルとターニャの問題に戻した。それまで笑いかけていたジョエルも、一瞬で慌てた表情になる。

「な……⁉　お、おい、言うにことかいて、勝手なことを……」

いつも涼しげで、美しいジョエルの顔が歪む。いや、歪んでいるのではなく、徐々に赤くなってきている。眉が困ったように下がり、口角がぐっと落ちた。

「何が勝手か！　ターニャは、いつもおまえを見ていた。他人の私にわかることが、なぜジョエルにはわからないのかと、どれほどもどかしく思っていたかわかるか？　それでも健気《けなげ》に、おまえとは身分が違うのだから、気づかれないほうがいいと言っていたターニャの気持ちがわかるのかっ⁉」

「まさか……そんなことが、ほんとうに……？」

ジョエルの聖衣の裾が、床に触れる。膝をついて、彼はがっくりと肩を落とした。

「……陛下、失礼ですが今のお話はほんとうでしょうか？　ターニャというのは、図書資料室で働いている娘でしたな？」

今まで黙っていたローレンスが、ここで口を開く。息子の恋路について、父親として思うところでもあったのだろうか。

――いけないこととはわかるのだけど、ひとさまの恋愛事情をこんなふうに聞くと、なんだか好奇心が湧きあがるものね。

世の女性たちが、恋愛小説を読むのも似た感覚なのかもしれない。コーデリアは息を呑んで展開を見守る。

「うむ、そうだ」

「愚息がターニャを気にしていることは存じておりましたが、相手のターニャも同じ気持ちであると……？」

「そのとおりだ」

前の椅子の背もたれに手をかけ、ローレンスがぐっと立ち上がった。怪我をしていても、威圧感のある厳しい風貌。大司祭は、ぶるぶると体を震わせた。

最初、コーデリアは、ローレンスが身分の低い娘との色恋沙汰を怒っているのだと思い、駆け寄って止めるべきか懸念した。ターニャがいかに人間として優れているか、書物を、歴史を、この国を愛しているかを伝えることまで考えた。

しかし、そうではなかった。ローレンスは、「なんと情けない……！」とつぶやいて、くずおれた息子の両肩を揺さぶる。

「ジョエル！　貴様はそれでも男か‼　死んだ母さんがこのことを知れば、どれほど嘆くと思う。神に仕える者が、ひとの心を無視するとはなんたることだ！　立て、立って、今すぐターニャに謝罪して来るがいい！　いいか、彼女の許しを得るまで、聖堂に足を踏み入れることは許さん‼」

「――っっ、そんな横暴なことが……」

反論するジョエルに、きつい一喝が飛んだ。

「愛した女を幸せにできんくせに、一人前の顔をするな！　馬鹿者が！」

ローレンスの声に顔を上げたジョエルが、何かに気づいて表情を凍らせる。

――どうしたのかしら……？

首を傾げたコーデリアが、司祭の視線の先に目を向けると、そこにはふたりの女性が立っていた。

片方は、果物かごを手にした侍女のハンナ。そして、その隣には顔を真っ赤にしたターニャがいるではないか。

「な、なぜここにターニャが……っ」

唇をわなわなと震わせ、ターニャに負けぬほど頬を赤らめたジョエルが、信じられないとばかりに呻く。同時に、ローレンスとヒューバートも目を瞠った。

「あの、わたし……、ご、ごめんなさい……！」

泣きそうな声で謝るターニャを見て、コーデリアはさっと彼女に駆け寄る。このままでは、ターニャは走って逃げていきそうな気がした。

「ハンナ、あなたがターニャを呼んできてくれたのですね？　ありがとう、咄嗟の判断に心から感謝します」

好奇心で頬を輝かせる侍女に素早く礼を述べてから、ターニャの細い腕を両手でつかむ。

愛しあうふたりが、勘違いですれ違ってしまうほど不幸なことはない。コーデリアは、夫が自分ではない女性を想っているのではないかと悩んでいた間のことを思い出し、ターニャをじっと見つめる。

「王妃さま、どうぞお手を……」

「放しません。ターニャ、あなたはとてもすばらしい女性です。この国の歴史もしきたりも文化も、誰よりもお詳しいではありませんか。いったい何を躊躇する必要があるのです？」

身分など、関係ない。

大司祭ローレンスは、そんな理由でふたりの恋を邪魔しようとは思っていない。

そして、ジョエルに危険が迫ったと知るだけで倒れてしまうほど、ターニャは彼を愛しているのだ。にもかかわらず、彼女が逃げようとするのはジョエルの心を知らないからだろう。

「……わたしは、彼に相応しい人間ではありません。どれほどこの国を愛していようと、エランゼの民ではないのです」

「この国に生まれ、この国で育ったあなたがエランゼの民でないのでしたら、嫁いできたばかりのわたしは一生エランゼの人間にはなれないということになります。ターニャ、あなたはわたしを王妃として認めてくださらないのですか？」

「そうではありません！　王妃さまは違います。だってわたしは……わたしとこの子は――」

ターニャの震える指が、そっと腹部を撫でた。

それを見たジョエルは、参列席の間を駆けてくる。

「ターニャ、オレが悪かった。許してくれ」

「い、いやよ！　来ないで、近寄らないでっ」

背の高いジョエルに見下ろされ、ターニャが体を硬くした。

「やはり、オレの子を身籠っているんだろ？　ほかの男の子だなんて、あれは嘘だったんだな」

　あっと思う間もなく、コーデリアの手がターニャから離れる。けれど、逃がすものかとジョエルが司書の両肩をつかんだ。

「違うわ。この子は、わたしの子。あなたには関係ない……」

　震える声に、聖堂にいた誰もが嘘を見抜いていた。睫毛に涙の粒が光り、ターニャは懸命にまばたきでごまかそうとする。

「オレの子だ。そうとしか考えられない。もし、そうでないのだとしても構うもんか。オレが、誰よりターニャを愛してる！」

「……ジョエル⁉」

「ヒューを愛しているんだろうとばかり思っていた。そうでないなら、なぜオレに抱かれたんだよ。アイツが結婚するから、悔しまぎれにオレを利用したんだろう⁉」

　聖なる場所で、まったく聖性のない会話が繰り広げられていた。

　本来、大司祭であるローレンスがふたりを叩き出してもおかしくない現状ではあるが、彼は彼で固唾《かたず》をのんで、事の成り行きを見守っている。

　──貧血と睡眠不足で倒れたと聞いていたけれど、ほんとうはあのときから妊娠を知っていたのかしら。

　細身の体は、まだ腹部が目立つほどではない。

しかし、ターニャの体のなかには新しい命が芽吹いているのだ。

「目をそらすな、ターニャ！　オレを見ろよ。おまえを愛しすぎて、こんなにもみっともなく取り乱しているオレを憐れんでくれ。そうでなければオレは――……」

「駄目よ……！」

苦しげな声に、あふれだした涙。

ターニャは、力を振り絞ってジョエルの束縛をほどいた。

「あなたの足枷にはなりたくない。わたしは、この子とふたりで生きていきます」

「ターニャ！」

駆け出した彼女を追って、ジョエルが聖堂を出て行く。

しばし呆然としていたコーデリアは、ゆっくりと振り返ってローレンスを見た。

「――……我が息子ながら、情けない男です」

大司祭は、どこか嬉しそうにそう言った。

§　§　§

日が暮れて、入浴も済ましたコーデリアは、ハンナに髪を拭いてもらったあと、夜着姿で窓辺に立っていた。

湖には大きなレモンのような形の月が映り、夜風が周囲の木々をざわめかせる。それに負けないくらい、コーデリアの心もざわざわと漣《さざなみ》を打っているのには理由があった。

あの、聖堂での一幕のあと――

宮殿内には、美しい聖職者のジョエルが図書資料室の地味な司書に求婚したという情報が、ものすごい速度で広まっていった。

ヒューバートとのやりとりか、あるいはローレンスの喝が効いたのか、ジョエルはやっと本心を口にしたのである。

『あれの母親は、孤児院で育ちましてな。その後、教会の下働きをしているときに出会い、身分制度に縛られた考えが、いかに虚《むな》しいものかを私に教えてくれたのです』

ジョエルが去ったあと、ローレンスはそう言って照れたように頭を掻《か》いた。ああ、だから息子を叱りつけたのか――と、コーデリアは納得する一方、それならばなぜ、ジョエルは身分など気にしないのだとターニャは考えられなかったのかが気にかかる。

それについては、コーデリアの考えが顔に出ていたのか、今度はヒューバートが教えてくれた。

『大司祭と奥方の話を知っているから、ターニャは想いを告げなかったのだ。今はこうして語ってくれるローレンスだが、聞いた話では、結婚当時、かなりの苦労もあったと言うではないか。ターニャは、ジョエルに立派な聖職者となってほしいと、いつも願っていた。そのために、彼に見合った身分の女性と結婚してほしい、と』

優しいターニャの心に触れて、彼女とヒューバートが想いあっていると勘違いをした自分が、ますます恥ずかしくなる。

『ターニャはとてもすてきな女性ですね。大司祭さま、彼女が司祭さまの想いを受け入れてくれることを、わたしも心から祈っております』

あとで聞いた話だが、ターニャが自身の身分を気にするのは、彼女の出自にも関わっていたらしい。

奴隷としてこの国に売られてきた両親の娘だ、と彼女は以前にコーデリアに語ってくれた。

それはそれで事実なのだが、さらなる過去に、ターニャの曽祖父にあたる人物は、異国にあってもティレディア大陸まで名が届くほどの大貴族だったのだという。

『ターニャの祖父というのが、変わった男でな。それほどの大貴族の息子ながら、家を出て商人になった。幼いころから外国語が得意だったから、世界各国をまわってたくさんのひとと知り合いたいというのが、彼の言い分だったのだがな。その男こそ、私が幼い日に異国の笛の作り方を教えてくれた老爺《ろうや》にほかならん』

ターニャの出自よりも、コーデリアとしては彼女の祖父がヒューバートに笛作りを教えてくれたひとだというほうが驚きである。

——……それを先に聞いていたら、また嫉妬していたかもしれない。いろいろと、落ち着いてから教えてくれたのは、ヒューの配慮なのね。

なんにせよ、から騒ぎは一応の終焉《しゅうえん》を迎えようとしていた。もとを正せば、なんら目新しいこともない、恋のボタンの掛け違いだった。誰かが誰かを想い、誰かが誰かを守るため、誰かが誰かを遠ざけて、誰かは誰かに心を焦がす。

掛け違えたボタンは、掛け直せばいい。

だから、と前置きしたうえで、ヒューバートがコーデリアに耳打ちしたのは、数時間前のこと。

『――……今夜、新婚の儀式の寝室で会おう。私たちの夜を取り戻すために』

彼の言葉を思い出すと、またも頬が火照ってくる。ジョエルの件があったため、ローレンスは儀式を正しく終えられなかったことを言及してきていないが、勝手にあの寝室を使っていいものだろうか。

「あっ、そうだわ。笛も持っていきましょう。それから、あとは――」

レターボックスを開けて、コーデリアは絵筆と指南書を眺める。母は、この指南書が実際の閨事にほとんど役立たないことを、きっと最初から知っていた。そのうえで、コーデリアが夫となるヒューバートと学んでいくことを願ったのか。親の心は、まだわからないことが多い。

だが、いつか、自分にもわかる日が来るだろうか。

「……だからといって、娘が生まれたとしても、わたしはこの指南書をわたす気にはなれないけれどね」

今夜の話題のひとつに、指南書を持っていくのも悪くない。こうなれば、せっかくだからと気が大きくなり、絵筆も一緒に持っていくことにした。

ガウンを羽織り、室内履きを確認してから、コーデリアは居室を出る。無論、手燭の灯《あか》りを持って、反対の小脇には指南書をかかえて――


扉をノックすると、ヒューバートが先に寝室へ来ていた。

「……ん？　なんだ、その本は」

「母が嫁入りの際にくれたものなのです。寝室での作法をまったく知らなかったわたしに、これを見て勉強するように、と」

室内に入り、今日は立会人がいないことを一応確認する。すでに、破瓜は成されてしまった。今さら確認することもあるまい。わかっていても、前回の衝撃が大きすぎたせいで、つい気にしてしまう。

「そうか。では、私も共に学ばねばならんな。あなたの母上直伝の作法で、愛《いと》しい妻をもてなすためにも」

冗談めかした口調ではあるが、まなざしは至って真剣なヒューバートに、コーデリアはくすっと笑い声を漏らした。

前回よりも明るい寝室には、寝台の脇に脚の長いテーブルが置かれている。丸い卓のうえに、見覚えのある銀皿があった。

「ヒュー、あれはなんですか？」

指差した先を見て、ヒューバートは少々照れくさそうにそっぽを向く。

「いや、なに、街へ行ったところ、ステーリア王国から果実を買い付けている商店があってな。あなたが喜んでくれるかと買ってきた」

「まあ！　嬉しゅうございます。一緒に食べましょう」

「待て、あれはあなたに買ったのだ。私が食べる必要は……」

喜びから、コーデリアは夫の腕を引いて寝台へ歩きだした。自分のことを思って、買ってきてくれた。それは、『女性に贈るなら豪華な宝石をあしらった装飾品がいい』という一般的な考えではなく、ヒューバートがコーデリアのためだけに選んでくれたということになる。

そんな彼の気持ちが、何よりも嬉しい。

寝台まであと一歩のところで、ヒューバートが先に出る。脚の長さが違うため、大股で一歩踏み出されたら追いつけない。しかし、彼はさっさと寝台に腰を下ろした。隣に座ろうとするコーデリアに、ヒューバートが両手を広げて見せる。

「……？　ヒュー、それはどういう……」

「座る場所は、こちらだ。おいで、コーデリア」

股を開いて、その間に座れと手振りで指示する夫を前に、全身が熱を帯びた。子ども扱いだと不満に思うことは、もうない。

ヒューバートは、自分を女として扱ってくれている。昨晩のぬくもりや甘い吐息、そしてかすれた情熱的な声を思い出して、いっそう胸の高鳴りが激しくなった。

「し、失礼いたします」

「苦しゅうない」

緊張しきったコーデリアに、冗談めかしたヒューバートが答えると、ふたりの体が密着する。広い胸に背をあずけ、臀部《でんぶ》の左右に太腿《ふともも》の温度を感じ、座っているだけでも喉元まで心臓がせり上がってきた気がするほどだ。

——何か話さなくては。何か……

コーデリアは、胸に抱いた指南書がしなるほど力を込める。こんなとき、何を話せばいいのかわからない自分が恨めしい。

「そういえば——ヒューも初めてだったとは驚きました。なんだか余裕があるように見えましたし、大人の男性だから、わたしとは違う豊満な美女と戯れていらしたのだと勘違いしていたと言いますか、あの、でもお互いに相手が初めての相手というのは、幸せなものですね！」

口をついて出たのは、今日の聖堂でのやりとりで知った事実。自分にとってはほんとうに驚きと喜びの新事実だった。

「なっ……⁉　あなたは、このタイミングでそれを言い出すのか。まったく——言わずにおけばよかったな」

やれやれと言いたげな口調に、コーデリアはぱっと後ろを振り向く。

「なぜです？　わたしは嬉しかったのです。あなたの誠実さが伝わりましたし、勝手ながらこれから先、一生、ヒューがわたしだけのひとであればいいと願ってしまうほどでした」

「それは勝手とは言わぬ。私は神に誓った。生涯、妻はコーデリアだけだ。つまり、私の欲望はすべて、あなたが受け止めることになるのだぞ？　覚悟はいいか？」

見下ろすヒューバートの緑の瞳は、挑発的な言葉と裏腹に慈愛で満ちていた。何も恐れることはない。ただ、彼を愛し、彼に愛される人生を堪能したい。

「はい、わたしはあなたの妻です。どうぞ、ヒューの望むままに」

微笑んだコーデリアの唇に、キスが落ちてくる。首を後ろに向けてのくちづけは、体勢が少しだけ苦しい。

「ん……っ、ふ……、ぁ……」

「そうやってかわいらしいことばかり言う唇は、キスで塞いでおかねばならん。あなたは、いつも無意識に私を煽る。それとも、計画的なのだとしたら、ずいぶんな女だ。この私を、手のひらで転がすというのだからな」

ガウンが肩から滑り落ちる。あらわになった白肌に、そっと手のひらが触れた。それだけのことだというのに、コーデリアの体がひくんと跳ねる。

「っ……ぁ……」

ヒューバートに慣らされていく体が、恥ずかしいのに嬉しいだなんて、自分でも不思議な感覚だ。彼だけを知り、彼だけを学び、彼だけを感じて生きていく。それを許される立場は、コーデリアにとって僥倖《ぎょうこう》としか言えない。

「どうした？　腕に触れただけでいやらしい声を出す。もう、もどかしくて仕方ないのか？」

「ち、違います……」

顔をそらしたところで、すでに首筋まで赤く染まっている。金色のやわらかな髪の隙間から覗《のぞ》く肌に、ヒューバートがキスを落とした。

「だったら——ここはどうなっているか、確かめさせてもらうぞ」

薄衣のうえから、右手が胸を鷲掴《わしづか》みにする。裾野を持ち上げられ、親指と人差指で中心を調べられると、すぐさま屹立《きつりつ》してしまう。

「っっ……、ん……！」

「おかしいな。コーデリアのここは、もう硬くなっているようだ。待ち望んでくれていたのだろう？」

「そ、そんな……わたし……」

「嘘《うそ》をつく子にはお仕置きが必要……か」

こりこりと指先で転がしていた部分を、二本の指が根元からきつくつまみ上げる。腰の奥まで届く刺激に、コーデリアは悩ましい声をあげた。

「ひゃぅ……っ！」

「ほう？　これでもまだ認めないとは、私の妻は立派な淑女だ。だが、夜の褥《しとね》では淑女である必要などない。私だけの女になれ、コーデリア……」

空いている左手で、テーブルのうえの銀皿からイチゴをひとつつかむと、ヒューバートがコーデリアの口元に押しつけてくる。

「んっ、んむ……、ヒュー、何を……あっ」

「その小さな口から漏れる、いやらしい声を閉じ込めてやろうと思ってな。齧《かじ》ってはいけない。唇でしっかり咥《くわ》えておいで」

水滴に濡れた指先が、夜着のなかへ忍び込んだ。なんの前触れもなく、左の胸も彼の手に翻弄され、コーデリアはびくびくと背をしならせる。

「こちらは、まださわってもいなかったはずだが？　どうしてこんなに感じてしまうのだろうな。かわいいコーデリア、あなたの体は、私に触れられるだけで熱を帯びる。ここは硬く凝り、恥ずかしいところが蜜で濡れはじめているのだろう……？」

イチゴを咥えさせられたまま、力なく首を横に振った。髪が肌をくすぐるささやかな刺激すら、今のコーデリアには快楽への道筋と化していく。

「まだ意地を張るか。仕方がない。では……」

「っっ……!?」

ぐいと裾がめくり上げられ、左右の脚を大きく開かれた。ヒューバートの腿《もも》に膝裏を乗せられる格好で、下肢が夜気にさらされる。

「んっ……、んん！」

「こら、暴れるとイチゴが落ちるぞ。舌先で優しく堪能するがいい。あなたの生まれ育った、ステーリアの地で作られた大切なイチゴなのだから……」

優しい声と同時に、彼の手がコーデリアの亀裂を下着越しに往復しはじめた。

男らしい指は、下から上へとゆっくり辿《たど》って、花芽をくいっと引っ掛けてから、また下へ下へと戻っていく。繰り返される焦《じ》れったい愛撫《あいぶ》に、夜着の下で張り詰めた乳房が、ふるふると震えていた。

「下着が湿ってきている。もう、濡れているのは隠せないな。直接触れてもいいか？」

感じやすい体を指摘され、快感と含羞に涙目になったコーデリアは、弱々しく首を縦に振る。それを合図に、下腹部を覆っていた布が引き下ろされた。次いで、夜着も脱がされる。

——ああ……、恥ずかしいと感じれば感じるほど、わたしの心と体はヒューを欲しがってしまう……

一糸まとわぬ姿で、彼の股ぐらに座らせられ、コーデリアは咥えたイチゴの味もわからない。

「こっちを向いてくれ、コーデリア」

華奢《きやしや》な体を抱きとめて、ヒューバートは愛しげに懇願してきた。おずおずと振り返れば、咥えたイチゴの先に彼が歯を立てる。

「このまま、食べさせてくれ。あなたが言ったのだからな、共に食べようと……」

イチゴの果汁を舌で舐《な》め取り、彼の指は鼠径部《そけいぶ》をなぞっていく。すべらかな肌をつと辿り、秘めた部分に触れた瞬間、その指先がぬるりと滑った。

「んっ……！　ん、んぅ……っ」

「失礼、これほど濡れているとは思わなくてな。ああ、蜜でぐっしょりだ。これでは、私の指が滑るのも仕方あるまい？」

言いながら、彼の指先は花芽をしっかりととらえている。そこだけを重点的にこすり、剥《む》き出しになった敏感な粒を指で押しつぶしては転がして、コーデリアの感応を煽《あお》った。

「ふ、ふぅ……っ……、う、んぅ……！」

細い喉をのけぞらせ、快感に震える体。まだ、隘路《あいろ》には何も入れられていないというのに、彼の太く逞《たくま》しいものを欲するごとく粘膜が痙攣《けいれん》する。

「そんなに苦しそうな声を出しておきながら、イチゴを咥えたままでいられるとは。まだ、あなたは淑女の仮面をはずしてくれないらしい。では、これならどうだ？」

左膝をつかまれ、いっそう開ききった脚の間に彼の指が突き立った。ちゅぷ、と小さく蜜音を響かせ、疼《うず》く狭隘《きょうあい》な部分に指腹が触れる。

「んぅ……っ……‼」

思わず目を見開き、じたばたと脚を動かすが、粘膜をなぞる指は体の内側に入り込んでいるからどうにもならない。さらに深く突き入れられ、コーデリアは夫の胸に寄りかかった。

——駄目、駄目……！　こんな……気持ちよくて、おかしくなってしまうのに……！

触れる空気は、濡れすぎたせいでひどく冷たく感じる。反対に、彼の指を咥え込んだ腰の内側は、溶けそうなほどに熱くなっている。

「ああ、こんなに私の指を食いしめて。それに、もう蜜でとろとろだ。まったく、私の指を溶かすつもりか？」

耳元でくくっと笑う声は、甘くかすれていた。彼もまた、情動に翻弄されているのだろう。その証拠に、臀部にはヒューバートの猛《たけ》りきった慾望が当たっている。

ほしい——

ヒューバートの、硬く熱いものがほしい。

脈打つ楔《くさび》で、最奥まで貫いて、もどかしさに揺れる腰をなだめてもらったら、どれほどの佚楽《いつらく》を味わえるだろうか。

「ん、んん……っ……」

じゅぷじゅぷと音を立て、慣れない隘路を追い立てられながら、コーデリアは夫の訪れに恋

い焦がれる。その分身を我が身に迎え入れたい。漲《みなぎ》る情欲を締めつけたい――

「く……っ、私のほうが我慢できなくなりそうだ。コーデリア、そんなに腰を揺らしてくれるな。こすれて……まずい……！」

知らぬうちに、彼の指の動きにあわせて腰を使っていた。臀部に当たるヒューバートのものを、こすり上げる淫らなダンス。

もう、これ以上は耐えられない。

コーデリアは、咥えていたイチゴを取り落とし、浅い呼吸で夫の名を呼んだ。

「ヒュー……、ああ、ヒュー、お願いです……。もう、もう駄目、このままでは、おかしくなってしまいます」

「ほう？　ならば、どうしてやればいい？　あなたの本能は、私にどうされることを求めている？」

ほしい。

ほしい、ほしい、あなたがほしい。

渦を巻く慾望は、ただひとつの愛情を欲している。

「い、言えな……」

「あなたが何を求めても、私は拒んだりしない。コーデリア、あなただけが私の愛する妻だ。その望みを叶《かな》えるのは、私だけに許された特権だろう？」

鼓膜を甘く震わせる、ヒューバートの情熱的なかすれ声。

――何も考えられない。ただ、あなたが――……

「あなたが、ほしい……です……」

唇からこぼれ落ちた言葉と、瞳からあふれ出した透明な涙は、どちらも愛する夫が受け止めてくれる。

「――……いい子だ、コーデリア。あなたの望むことなら、私はなんだって叶えてみせよう。もう二度と、私の気持ちがほかの女にあるなどと誤解できぬように――」

指が抜き取られるも、腰を浮かされたときも、コーデリアはただ、ヒューバートの熱を求めていた。自分のなかにあるせつない空白を、彼の愛情で埋められたい。そして、互いに心をこすり合わせるような快楽に、ひたすら没頭したい。

「いくぞ」

期待に打ち震える蜜口に、はちきれんばかりに勃起したものがあてがわれた。彼の鈴口から、とろりと透明な汁が光っている。自分と同じように、ヒューバートも求めていてくれた。その事実が、コーデリアに痛みへの恐怖をなくさせた。

「ふ……、うっ……！」

亀頭が柔肉に隠れ、蜜口をぐいと押し広げる。彼に貫かれているのだというのに、まるで自分が彼を呑み込んでいくような、その光景。

「ああ、ああ……！　ヒュー、わたし、幸せです……！」

「そうか。私もだ。あなたを抱いていると、自分がなぜ男に生まれてきたのかがわかる。こうして、愛しい女を抱くために、あなたに我が子を孕《はら》ませるために、私はこの世に生を受けたのだ……」

ねっとりと濡れた蜜路を、彼の情慾が突き進む。しかし、コーデリアのなかはまだ狭く、受け入れるだけで腰が逃げそうになった。

「……押し戻すな。そんなに締められると、く……っ」

「そ……なこと、わたし、してな……あっ」

引き絞られる隘路に、膨らんだ亀頭は蜜口まで戻されていく。そして、次の瞬間、彼は両腕でコーデリアの体を強く抱きしめた。

「っ……、ぁ、あぁ……！　そんな……っ、駄目、駄目、一気に奥まで……っ」

ずず、と体の内側から音がする。

愛しいひとが、自分を味わうその響きに、コーデリアの体がはしたなく揺らいだ。張りのある乳房は汗に濡れ、つんと屹立した乳首が小刻みに震える。燭台の灯りに照らされて、愛された体はいやらしくうねっていた。

「ハ……っ、初めてではないというのに、なんという締めつけだ。コーデリア、私を食いちぎるつもりか？」

　彼の腕に抱かれ、背後から突き上げられ、コーデリアは泣き声を漏らす。懸命に首を横に振ったところで、実際に体は彼を食いしめているのだから、弁明もできない。

「ならば、私も応えよう。今夜は遠慮などせず、獣の本能で愛しい女を犯しつくす……！」

「ひ……っ……、あっ、ああ！　ヒュー、待っ……」

　小さな体を抱きしめて、ヒューバートが激しく腰を振る。太さをいっそう増したように感じる劣情は、情熱的な抽挿でコーデリアの内部を穿《うが》っていく。

「痛くは……ないか？」

　乳房を揉み、腰を密着させながら、彼が問いかけてきた。

「い……痛くな……あっ、でも、激しくて……」

「安心した。あなたを壊すわけにはいかない。ああ、コーデリア、自分から腰を振るとは、なんと愛しい女だ……！」

　彼の言葉で気がついた。コーデリアは、これほどの愛慾《あいよく》の嵐にあっても、自分からヒューバートを求めて腰を使っているのだ。

「やぁ……っ……！　ち、違います、これは……っ」

「もっとだ。もっと、私を求めろ。何度でもあなたを果てへ連れて行く。ああ、望むなら今すぐにでも……！」

　動きに制限のある体勢が物足りないのか、彼はコーデリアの体を抱き上げて、挿入したまま寝台にうつ伏せる。敷布に顔を伏せたコーデリアの腰は高く掲げられ、その中心に夫の愛情が打ちつけられた。

「ああっ、あ、ぁ……っ！　ヒュー、ヒュー、こんな、あっ、あう……っ」

「ひくついている……。イキそうなのだろう？　そうだ、そのままイッてくれ。私のコーデリア……」

愛しあうふたりの夜は長く、それでいて、高めあった快楽は一瞬にして果てていく。永遠は手に入らず、未来永劫《みらいえいごう》の約束など存在しない。

「ヒュー、もっと、もっとください……！」

「欲しがりな花嫁よ、私のために、あなたは生まれてきた。私に愛されるために……」

原始的な愛情表現で、ヒューバートが白濁を最奥に放つ。びゅくびゅくと迸《ほとばし》る愛は、やがてふたりの未来へつながっていくのだろう。

「愛してる、コーデリア。永遠に、あなただけを」

荒い呼吸と、かすれる声。

逞しい腕と、誠実な指先。

そして、世界中の人間を敵に回しても、生涯かけて愛していきたいと思える、たったひとりのひと。

「わたしも……愛しています、ヒュー。あなたがいてくれれば、それだけで生きていける……」

「――かわいらしいことを言う。ならば、あなたの期待に応えるべく、もっと私を注いでやろう」

果てども果てども終わらぬ饗宴《きょうえん》に、新婚夫妻は互いを抱きしめあった。そこに、愛するひとがいることを確かめるように、幾度も幾度も、朝が訪れるまで、数え切れない愛を交わす。

彼に見せるつもりで用意してきた指南書が、置いていた棚からばさりと落ちた。

偶然開いたページには、白いイチゴの花が咲いている。

いつか、花は実となり、未来を紡ぐ。

いくつもの勘違いも、胸を痛めたすれ違いも、きっとこの夜のためにあった。コーデリアは、逞しい夫に身を委ねながら、にじむ視界に指南書をとらえる。

――ヒュー、あなたが教えてくれた。愛情のすべてを、わたしという存在の理由を……

数年後、エランゼ王国の歴戦の騎士王は、歳の離れた王妃との間にふたりの子を設けた。戦場では鬼神のごとき圧倒的強さを誇った彼が、妻と子どもたちを前に頬を緩める姿を、民たちは知らない。

姉のエリザベスは、母であるコーデリアに面差しの似た少女。弟のパトリックは生まれたときから体が大きく、七歳になるころには年子の姉より頭半分も背が高くなっていた。髪色こそ母から受け継いでいるものの、その恵まれた体躯はヒューバートの血筋を強く感じさせる。

「まあ、パトリック！　あなた、またお父さまに叱られたのね？」

とはいえ、体が大きいからといって子どもは子ども。

何度叱られても、パトリックは王である父の執務室に忍び込むのをやめない悪癖がある。ときにはエリザベスを強引に誘うものだから、おとなしい姉は困惑してばかりだ。

「叱られてなんかいないよ。ぼく、お父さまみたいな王さまになるために勉強しているんだから！」

涙目をコーデリアに見られたパトリックは、鼻をすすってごまかすけれど、母にはすべてお見通しである。

「それに、お父さまはぼくのこと、かわいくて仕方がないって言ってたもの。だから、叱られたんじゃないよ」

幼いパトリックのわがままは、ヒューバートにとっても愛しくてたまらないものらしい。事実、彼は娘と息子を前にすると、どうにも威厳を保てないと悩んでいることをコーデリアは知っている。

「……パトリックは、お父さまのお手伝いをしたいんですって」

それまでおとなしく部屋のすみで絵本を読んでいたエリザベスが、おずおずとコーデリアのドレスの裾を引っ張った。

「お手伝い？」

しゃがんで娘の話を聞こうとしたところに、パトリックが割り込んでくる。

「エリー、余計なことを言っちゃダメ！」

「だって……」

子どもには、子どもの世界があることを、コーデリアは知っていた。かつて、彼女も子どもだったのだ。

――でも、わたしには年の近いきょうだいはいなかったから、この子たちが羨ましいときがあるわ。

嫁いできたころの幼さは消え失せても、変わらず可憐な王妃は、ふたりの子どもをそっと抱きしめる。

「エリー、パトリック、よく聞いてちょうだい。お父さまは、みんなの幸せを守るためにお仕事をしていらっしゃるの。だから、執務室にはお父さまの許可がなければ入ってはいけません。ふたりは、お父さまのことが好きでしょう？」

「もちろん！」

元気よくパトリックが答えれば、

「大好き」

はにかんだエリザベスもそれに続く。

「お母さまも、お父さまが好きよ。それに素直なあなたたちのことも大好き。なので、あなたちがお父さまのお手伝いをする方法を教えてあげましょうね。いい？　お父さまは、イチゴが大好きなの。今夜のデザートにイチゴを食べさせてあげるために、今から三人で温室に行くというのはどうかしら？」

ぱっと瞳を輝かせる子どもたちは、両親に似て果実が大好きである。それも、特にイチゴが。

「きっとお父さま、喜ぶでしょうね。だって、お父さまもあなたたちのことが大好きなんですもの」

微笑むコーデリアに、パトリックが乳歯の抜けた顔でニッと笑った。

「お父さまは、ぼくたちのことも好きだけど、お母さまのことを『アイシテル』って言ってたよ！」

「わたしも聞いた。『アイシテル』ってなあに、お母さま？」

「そ、それはその……とっても大好きって意味よ」

出会ったときから、何も変わらない。いや、深まるばかりの愛情に、コーデリアは母親となっても初々しく頬を染める。

――ヒューったら、子どもたちになんてことを言うのかしら！

けれど、愛する喜びも愛される幸せも、すべては彼が教えてくれた。

「お母さま、早くイチゴを摘みに行こうよ」

「そうね。行きましょう。さ、パトリックもエリーも、お母さまと手をつないでちょうだい」

「はーい！」

「はい、お母さま」

王の古くからの友人である司祭夫婦は、ときおりそんな王と王妃の幸せな様子を眺めて、この国の未来に安心するという。

それは幸せな、幸せな王と王妃のお話――

# あとがき

こんにちは、麻生ミカリです。蜜猫文庫では、二冊目のご挨拶になります。

このたびは『国王陛下の溺愛王妃』を手にとっていただき、ありがとうございます。

純粋培養されたヒロインと、騎士王の結婚から始まる恋物語、楽しんでいただけたでしょうか？　今回は、わたしにしては珍しくヒーローの年齢がちょっと高めになっております。がっしりした体つきの男性が、可憐なヒロインを愛でる体格差！　この体格差萌えを思う存分詰め込んだお話です。いつもながら、とても楽しく書かせていただきました。

ちなみに、ヒーローのヒューバートですが、作中では『歴戦の騎士王』と呼ばれているものの、作者には『童貞王』とひそかに呼ばれていたりします（笑）

戦場を駆け巡ってばかりいたため、恋愛経験もあまりない彼ですが、だからこそ迎える花嫁を大切にしたいと考えています。

そして、見知らぬ大国へ嫁ぐ王女コーデリア。

彼女は、たぶん自分のことを「それなりに常識がある」と思っています。周囲からも、かわいらしい外見に反してしっかり者の王女だと思われてきたところがあるのですが、世間知らず

な一面を持ち合わせているため、こと閨事となるとだいぶおかしな方向に努力してしまう傾向が！　天然危険‼

ある意味、新婚夫婦ふたりともちょっと天然なところがあるので、全体的にほのぼのいちゃいちゃしたお話になっているかと思います。せつないお話も、重いお話も好きなのですが、ほのぼのカプも大好物でして。書けば書くほど、もう爆発しちゃえ！　なメインカプでした。

蜜猫文庫では前作ヒーローのひとりに聖職者を書かせていただいたのですが、今作は脇役に司祭がおります。これはひとえに、作者が聖職者萌えだからです。脇カプのジョエルとターニャ、彼らもヒューとコーデリアに負けないくらい幸せになってもらいたいと願っています。

イラストをご担当くださったDUO BRAND.先生。

わたしが乙女系小説を読み始めたころから、第一線でご活躍だったDUO BRAND.先生とお仕事をさせていただける日が来るとは感無量です。ヒューバートが、コーデリアの絵筆攻撃に動揺する挿絵がたまらなく大好きで、シリアスからコメディまで、ほんとうに先生の幅の広さに感動するばかりでした。ヒューの男らしい体つき、舐めるように眺めております！　ステキなイラストをありがとうございました！

最後になりましたが、この本を読んでくださったあなたに最大級の感謝を込めて。

今年も、本作の発売から一週間ほどすると一年が終わろうとしております。商業でお仕事をさせていただけるきっかけとなった物語を書いたのが、ちょうど六年前の今ごろでした。今もこうして、好きなことを仕事にしていられるのは、わたしの書いたお話を読んでくださる皆さまあってのことです。

あとがきまでおつきあいくださり、ありがとうございました。よいお年を、そして来年もすばらしい年になりますように。

またどこかでお会いできる日を願って。それでは。

二〇一六年　曇り空の水曜の午後に　麻生ミカリ

Mitsuneko Label

蜜猫文庫をお買い上げいただきありがとうございます。
この作品を読んでのご意見・ご感想をお聞かせください。
あて先は下記の通りです。

〒102-0072　東京都千代田区飯田橋 2-7-3
(株)竹書房　蜜猫文庫編集部
麻生ミカリ先生 /DUO BRAND. 先生

# 国王陛下の溺愛王妃

2016年12月29日　初版第1刷発行
著　者　麻生ミカリ 
発行者　後藤明信
発行所　株式会社竹書房
〒102-0072 東京都千代田区飯田橋 2-7-3
電話　03(3264)1576(代表)
03(3234)6245(編集部)
デザイン　antenna
印刷所　中央精版印刷株式会社



Printed in JAPAN
ISBN978-4-8019-0949-6　C0193

トリニティマリッジ
愛されすぎた花嫁姫
麻生ミカリ
Illustration アオイ冬子
三人一緒だよ。
だから怖くない、ね？
兄たちの死により、王位継承第一位となったことで花婿選びに苦悩するクレア。優秀な軍人であるノエルと頭脳明晰なサディアスは彼女の幼馴染みで有力な候補だったが、二人を大事な友人と思うクレアはどちらも選べない。そんな彼女に彼らは大胆な夜這いをしかけて言う。「オレたちと愛しあって、どちらを夫にするか選んで」二人に優しく愛されて得る至上の悦び。どちらかを選べばどちらかを失うことになることに怯えるクレアは!?

傲慢貴族の惑溺愛
小出みき
Illustration KRN
君の誘惑には勝てない
僕は君に溺れているよ…
中流階級の令嬢ダフネは夜会で気品のある美しい伯爵、フレドリックと知り合った。妻を亡くしたという彼はダフネと親しくしつつも再婚するつもりはないらしい。元々身分違いであると恋を諦めていたダフネだが、意に沿わぬ結婚を強いられたその時、助けてくれたのはフレドリックだった。「きみを奪われたくない。誰にも渡したくないんだ」思いがけず情熱的に抱かれ、求婚されて喜びに震えるダフネ。だが彼には未だ前妻の影が!?

芹名りせ
Illustration 坂本あきら
日陰者の王女ですが皇帝陛下に略奪溺愛されてます
小動物を拾う癖のある皇帝に
さらわれました！
不義の子と疑われ王女の身分を剥奪され幽閉されていたユーフィリアは和議の条件としてヴィスタリア皇帝アルヴァスに嫁がされる。利のない取引にもかかわらず彼女の境遇を知って貰い受けたアルヴァスは、ユーフィリアを優しく溺愛する。「欲しいのはどこかの国の王女などではない。あなただ」男らしいアルヴァスに情熱的に愛され悦びに包まれるユーフィリア。しかし異国の行事の際、彼女に偏執的な執着をする兄王と出会って!?